AF457197

LA FLORIMONDE, COMEDIE.

DERNIER OUVRAGE

DE Mr DE ROTROU.

A PARIS,
Chez ANTOINE DE SOMMAVILLE, au Palais, dans la Gallerie des Merciers, à l'Escu de France.

M. DC. LV.

AVEC PRIVILEGE DU ROY.

ACTEVRS.

CLEANTE.

FLORIMONDE.

THEASTE.

CLEONICE.

EVANDRE.

TYRSIS.

CLEONTE.

THYMANTE.

FLORIMONDE COMEDIE.

ACTE PREMIER.

SCENE PREMIERE.

CLEANTE. FLORIMONDE.

FLORIMONDE. suiuant Cleante.

Portant les yeux ailleurs, arreste au moins tes pas,
Souffre que ie te parle, & ne m'écoute pas,
Ne soit point accessible au mal qui me tourmente,
Mesprise constamment vne importune Amante,

FLORIMONDE

Mais accorde (cruel) ce bien à mes douleurs,
Que ie voye vn moment le sujet de mes pleurs,
Ie ne desire plus forcer ton iniustice,
Ie ne demande pas, que tu me sois propice,
Ces bois ont deuant moy la faueur que ie veux,
Et ta presence, ingrat, satisfera mes vœux,

CLEANTE.

Ha! voilà profaner d'vne amour trop constante,
Ce qui de tant de monde est l'espoir & l'attente,
Madame, pour moy seul ne desesperez pas,
Mille esprits amoureux de vos rares appas;
Ne considerez point vn objet insensible,
Vn homme indifferent de glace, inaccessible,
Indigne de vos vœux, qui n'a rien merité,
Et qui n'a rien de cher apres sa liberté;

FLORIMONDE.

Par quelle destinée, & par quelle auanture,
Ai-je pour vn ingrat vne amitié si pure;
Rien ne le peut toucher, & ma fidelité,
Peut tenir si long-temps, contre sa cruauté.
Le Ciel, barbare esprit escoute tout le monde,
Et ce qu'il est à tout, il l'est à Florimonde,
Il sera plus sensible à ma ferme amitié,
Si ie te prie en vain, j'obtiendray sa pitié,

Apres tant de refus, tu pousseras des plaintes,
D'vne pasle couleur ses roses seront teintes,
Tu perdras le courage ainsi que ie le perds,
Celle que tu suiuras mespriserа tes fers,
Et quand tu souffriras pour cette ame inhumaine,
Ie seray satisfaite, & beniray ta peine;

CLEANTE.

Alors, n'espargnés point cét ingrat, ce cruel,
Qui nie à vostre enuie vn desir mutuel;
Dites, ie suis vangée, & voila ce barbare,
Qui refusoit l'honneur d'vne amitié si rare;
Voilà ce doux charmeur qui prit ma liberté,
De qui j'estois esclaue, & qu'on a rebuté;

FLORIMONDE.

Ce Dieu, dont tant de Dieux ont senty la colere,
Et qui porta ses traits iusques au sein de sa mere,
Ce Monarque commun des Dieux & des mortels
Affranchit peu de cœurs du droict de ses autels;
Il faut que tout defere à son pouuoir supréme,
Ce droit est appuyé sur son exemple mesme,
De soy-mesme on l'a veu luy-mesme triomphant,
Et Psiché fut l'objet des vœux de cét enfant,

CLEANTE.

Voyez comme l'amour apprend de belles choſes;
Vous auez leu cela dans les Metamorphoſes;
Mais ce ſiecle n'eſt plus;

FLORIMONDE.

Traiſtre, ry de mes pleurs,
Ioins la confuſion à mes autres douleurs;
Porte plus loin encore les efforts de ta haine,
Et m'arrache ce cœur, de la main qui l'enchaiſne;
De ma mort ſeulement recompenſe mes ſoins,
En m'eſtant plus cruel, tu me le ſeras moins;
La priſe de mon cœur ſatisfait mon enuie,
Quand tu ne le prendras, qu'aux deſpens de ma vie.

CLEANTE.

Blaſmez moins de froideur, que de ſtupidité,
Cét indigne vainqueur de voſtre liberté;
I'ignore par quel ſort ma raiſon a des forces
Qui ne cedent, Madame, à vos moindres amorces;
I'ay de ma propre main taſché de me bleſſer,
I'ay voulu ſur mon cœur voſtre image tracer,
I'ay cent fois medité ſur voſtre amour extréme,
Et j'ay fait des efforts, pour m'affoiblir moy-meſme.

Mais inutilement, & ce cœur glorieux
Et de vous, & de moy, reste victorieux.
Mais qui suis-je, Madame, & fussais-ie estimable
En ne vous aimant point, vous suis-ie encore aimable
Et pouuez-vous priser le moindre des mortels,
Qu'Amour, comme trop vil bannit de ses Autels;
Euitez mes regards, adieu ma propre honte
Nous separe, & vous rend mon absence plus prompte;

SCENE II.

FLORIMONDE.

VA criminel autheur des ennuys que ie sens,
Ne sois point fauorable à des vœux si pressans,
Vn genereux effort peut restablir encore
Sur mes sens reuoltez cét esprit qui t'adore,
Ie puis ne t'aymer plus, & tes charmans appas
Pressent bien ma raison, mais ne l'estouffe pas.
Hors d'espoir du secours qu'vn ingrat me denie,
Cessez, lâches tesmoins, d'vne lâche manie,
Larmes, plaintes, souspirs, ennemis de ma paix,
Vous n'auez plus de part au dessein que ie faits;
I'armeray ma raison contre de si doux charmes,

Ie me feray des ieux du sujet de mes larmes,
Mes pensers chaque iour, d'vn soin industrieux
Me feront de Cleante vn portraict odieux;
I'oublieray les vertus dont son ame est pourueuë,
Et dessus ses deffauts i'arresteray ma veuë,
Ma resolution brisera tous ses traits,
Par le plus grand effort, qu'vn esprit fist iamais,
Desia, si ie me sens, ma passion s'altere,
Mes liens sont rompus, la liberté m'est chere,
Et desia ie rougis d'auoir si laschement
Souspiré tant de fois, pour vn indigne Amant.

SCENE III.

THEASTE. FLORIMONDE.

THEASTE.

CHacun s'offense enfin des mespris de Cleante,
Il deut voir d'vn autre œil vostre ardeur violente:
Vostre veuë autresfois enchantoit nos esprits,
Aux plus dous entretiens, vous remportiez le prix;
Au lieu que maintenant pensiue & solitaire,
Vous vous estes prescrit vn exil volontaire,

Et n'entretenez plus que des fleurs & des bois,
Depuis que cét ingrat vous range sous ses Loix,

FLORIMONDE.

Ce cœur brize ses fers ; vn effort necessaire
Va rauir à l'amour ce lasche tributaire ;
Trop de honte estoit iointe à ma ferme amitié,
Et ie n'implore plus que ma seule pitié.

THEASTE.

I'aprouue cette fin de vostre inquietude,
Trop d'iniustice est ioint à son ingratitude,
On murmuroit par tout d'vn si dur traitement,
Et qu'vn si beau sujet aymast si laschement
Souspirer sans espoir, & souffrir sans relasche,
Estoit honteusement rendre la Beauté lasche,
Les Dames de ces lieux s'offençoient de vos pleurs,
Et ne pouuoient sans honte excuser vos douleurs.
Mais qu'aucun ne fust plus capable de vous plaire,
Seroit d'vn mal honteux, passer en vn contraire;
Ne vous emportez point à cette extremité,
Et soyez sans orgueil, comme sans lascheté.

FLORIMONDE.

Non, non, en le perdant, ie perds aussi l'enuie,
De reconnoistre plus vn Tyran de ma vie,

Vn Dieu qui n'a point d'yeux, & que l'aueuglement,
Rend vn indigne autheur du bien & du tourment.
I'aymeray cét émail, dont la viue peinture,
Fait par tant de couleurs estimer la Nature,
Ie presteray l'oreille à ces Chantres des airs,
Dont la Nature seule accorde les concerts;
I'aymeray de resuer aux bords de ces fontaines,
Que frizent les Zephires de leur fraisches haleines;
I'aymeray l'entretien, le cours, le son des Luts,
Enfin, i'aymeray tout, quand ie n'ameray plus,

THEASTE.

On resout aysément; mais que l'effet est rare,
En vn objet si doux, d'vn dessein si barbare;
Et qu'il est mal-aisé qu'auec tant d'appas,
Vous fassiez tant d'Amans, & que vous n'aymiez pas,

FLORIMONDE.

Le nombre est bien petit des esprits que ie blesse,
I'ay trop à mes despens reconneu ma foiblesse,
Et ne presume pas de vaincre sans dessein,
En ayant vn si fort, où mon trauail est vain,
Ie n'ay rien de commun auec vos inhumines,
Ie ne prépare point ny de prix, ny de peines,
I'ay de ce que ie vaux vn trop sain sentiment;
Escoutez toutesfois cét aduertissement.

Qu'aucun ne me teſmoigne vne ardeur violente,
S'il n'eſt preſt à ſouffrir des fautes de Cleante,
Il n'eſt meſpris égal au deſdain rigoureux,
Dont ie me vangerois deſſus ce mal-heureux,
Alors ie me plairois à ſignaler mes forces,
Pour accroiſtre ſes maux, i'accroiſtrois mes amorces,
Et plus ie luy verrois teſmoigner de ſoucy,
Plus ie teſmoignerois de cruautez auſsi.

THEASTE à genoux.

Exercez donc ſur moy ces rigueurs infinies,
Qu'en moy, de cét ingrat les froideurs ſoient punies;
Ie ſuis ce mal-heureux entre tous les eſprits
Pour qui vous preparez tant d'iniuſtes meſpris.
C'eſt moy qui vous faits voir cette ardeur violente,
C'eſt moy moy, qui dois ſouffrir, des fautes de Cleante;
C'eſt moy qui vous adore, & ſuis le mal-heureux,
Qui doit eſtre l'objet d'vn meſpris rigoureux.

FLORIMONDE.

Non non, ie ſeray l'obiet dont voſtre ame eſt atteinte;
Vn autre, peut tenter cette inutile feinte;
Mais Cleonie eſt telle, & ſes fers ſi charmans,
Qu'ils ne laiſſent iamais échapper ſes Amants.

THEASTE.

Qu'à vos yeux, de ce corps mon ame soit bannie,
Si j'auois ny pensées, ny vœux pour Cleonie;
Ie trouue en ces Soleils des charmes trop puissants,
Et i'ay tousiours seruy ces doux Roys de mes sens;
Au point de vous parler, mon desir, & ma crainte,
M'ont tousiours combattu d'vne égale contrainte;
Et sortant pour vous voir, tousiours au premier pas,
Vn timide respect m'a dit ne le fay pas.
Cette mesme beauté nous chasse, & nous attire,
Elle blesse, & deffend qu'on plaigne son martyre;
Mesme sçachant l'ardeur dont ce cœur fut espris,
Ie desesperay bien de toucher vos esprits;
Ie restraignis mes vœux, à l'espoir de la veuë
Des celestes attraits dont vous estes pourueuë.
Et fus à Cleonie offrir ma liberté
Mais pour voir plus souuent vostre rare beauté;
Car faisant ce dessein, i'appris que cette belle,
Estoit de tous vos pas la compagne fidelle;
Depuis, quoy qu'on ayt creu que j'aymois ses appas,
Ie ne cherchois que vous, quand ie suiuois ses pas;
Et quand ie l'appellois insensible, inhumaine,
Vostre seule beauté faisoit naistre ma peine:
O Ciel qui connois tout, & qui vois mon amour,
Prouue ce que ie dis, ou me priue du iour.

FLORIMONDE.

L'agreable discours; adore, simple, adore,
Celle, qui veut punir vn sexe qu'elle abhorre:
Sois l'object que ie cherche à mon ressentiment,
D'vn superbe vainqueur porte le chastiment:
Mes dédains à tes cris fermeront mes oreilles,
Et ie rendray iustice à toutes mes pareilles.

THEASTE.

Pour la punition d'vn qui ne vous veut pas,
Perdrez-vous vn butin de vos rares appas;
Acheuez toutefois, beau miracle du monde,
Perdez vn mal-heureux, & vangez Florimonde.
I'attends le coup fatal, qui doit borner mes iours,
Et bien-tost vos rigueurs en finiront le cours;

FLORIMONDE.

I'ayme cét entretien, gemy, pleure, souspire,
Puisque ma volupté s'accroist par ton martyre;
Au hazard de tes iours, prouue ton amitié,
Mais n'espere iamais, ny faueur, ny pitié.

Elle s'en veut aller.

THEASTE la retenant.

N'imaginez-vous point ma peine sans seconde?

Dieux ! comme il est aysé de tromper Florimonde !
Que vous estes credule, & que la vanité
Se rencontre souuent auecques la beauté !
Mon cœur passoit desia pour vostre, en vostre estime,
Et vous disiez desia, ie tiens vne victime ;
Estes-vous si facile, & ne sçauez-vous pas,
Que la beauté que i'ayme a de si doux appas :
Sur vn autre (Madame) exercez la vengeance,
Qui doit à vos ennuys donner tant d'allegeance ;
Ie n'accuse pour vous, ny le Ciel, ny le sort,
Et ne vous feray point coupable de ma mort.

FLORIMONDE.

Ie ne commence pas auiourd'huy, de connoistre,
Où l'artifice regne, & combien l'homme est traistre :
Mais ie ne me plains point de cette trahison,
Ie t'ayme en cét estat, conserue ta raison ;
Adore Cleonie, & m'espargne le crime
De faire trop souffrir vn homme que i'estime.
Adieu : ne doute point du dessein que ie fais,
Et qui s'aymera bien, qu'il ne m'ayme iamais.

Elle s'en va.

SCENE IV.

THEASTE seul.

SAisi, charmé, confus, amour, par quelle plainte
Prouueray-ie l'ennuy dont mon ame est atteinte:
Mes vœux sont mesprisez, tout espoir m'est osté,
Elle rit de ma peine, & de ma vanité,
Et ie conserue encore cette flamme importune
Qui trouble mon repos, & destruit ma fortune;
Mes desirs sont payez d'vn aueugle refus,
L'ingrate me rebute, & ie n'espere plus;
O vanité friuole! orgueil insupportable!
Dont j'ay voulu couurir vne ardeur veritable!
Le temps qui change tout, eust changé ses mespris,
Et ma perseuerance eust touché ses esprits.
Mais mon cœur est esclaue, & mon humeur est vaine,
Vn mal-heureux captif veut deguiser sa peine,
I'oblige cette belle à me desobliger,
I'irrite sa rigueur, & i'ayde à m'affliger;
Que resoudray-ie enfin: quel aduis dois ie suiure,
Ce mal-heur infiny, me permet-il de viure.
Luy dois-ie vne autre fois parler de mon tourment!
Et la dois-ie reuoir, en qualité d'Amant.

SCENE V.

CLEONIE. THEASTE.

CLEONIE le surprenant.

N'Y songez plus resueur

THEASTE.

Par ma peine infinie,
Iugez de vos attraits, aymable Cleonie;
Ie songeois au moment que ce bel œil me prit;
Cette vnique pensée occupoit mon esprit.

CLEONIE.

O tu n'as point d'ardeur qui te nuise de sorte,
Que tu ne souffres bien l'ennuy qu'elle t'apporte;
I'en ay bien pour Theaste, il le faut confesser,
Mais ie n'en ay point tant qu'elle ne pûst cesser.
Vn peu plus de froideur, vn peu moins de caresses
Alentiroient beaucoup l'ardeur dont tu me presses;
Et ie comparerois auec quelque raison,
La liberté d'vn autre auecques ma prison.

THEASTE resuant.

Comment

CLEONIE.

N'y pense plus, de quelle resuerie
Te viens-ie de tirer, dy-le sans flaterie;
Quel ennuy si profond sur ce visage est peint,
Quelle palleur se mesle aux roses de ton teint;
Ton cœur est-il épris de quelque ardeur nouuelle,
Dy; ie l'aprouueray si la cause en est belle.

THEASTE resuant.

Qu'est-ce; que dites-vous d'vne nouuelle amour;
O Dieux! de quelle humeur ie me trouue à ce iour.

CLEONIE.

Confesse le suiet de ta melancholie;
Parle

THEASTE.

Ie n'en sçay point, que le nœud qui nous lie.
Vostre abord me confond, & les rayons naissans,
De ces Astres jumeaux éblouyssent mes sens.

CLEONIE.

Encore que l'amour ne nous tourmente gueres,
On reçoit pour raisons ces deffaites vulgaires;
Ton excuse suffit, ie n'en demande plus,
Mais pour qui pousses-tu ces souspirs superflus.

THEASTE resuant encore.

Quoy?

CLEONIE.

Tu resues encore,

THEASTE.

Pardonnez Florimonde;
(Dieux! faut-il que tousiours mon discours se cõfonde?)
Cleonie excusez.

CLEONIE.

Non, non, il n'est plus temps,
De déguiser l'ardeur de tes feux inconstans;
Cette diuine fille à ton ame rauie;
Mais ie voy, cher Amy, son bon-heur sans enuie;
Que la peur de ma plainte, & de mon desespoir,
Ne te destourne point du plaisir de la voir;
Cette iniure me plaist, qui m'arriue pour elle,

Et

Et l'infidelité ne fut iamais si belle.
Quoy tu trembles Theaste, au point de me quitter,
Ton frere en m'oubliant t'apprit à l'imiter:
Quoy tu crains de le suiure, & frere d'vn perfide,
Tu peut en ce chemin marcher d'vn pied timide.

THEASTE.

Ha! ne soupçonnez point de cette lascheté
Vn qui ne veut mourir, que pour vostre beauté,
I'atteste de ma foy, qui n'a point de seconde,
C'est estre souuerain qui regit tout le monde,
Qu'vn infame renom à ma perte soit ioint,
Que ie sois aux neueux.

CLEONIE.

Atten, n'acheue point;
Souuent ces faux souhaits traisnent leur repentance,
Et ie crains ton mal-heur plus que ton inconstance.

THEASTE.

Que la cruauté mesme inuente des tourmens;

CLEONIE.

Ie te croiray plustost, espargne tes sermens.
Mais d'où procede donc la hayne illegitime,
Dont vn ieune estranger veut noircir ton estime;

Theaste, (m'a-t'il dit) auec mille dédains,
Est vn homme leger entre tous les humains,
Et l'infidelité n'a iamais fait paroistre
De telles laschetez qu'en l'esprit de ce traistre;
Le Ciel souffre à regret ce monstre des mortels,
Et les siecles passez n'en ont point veu de tels:

THEASTE.

Faites mes yeux tesmoins de son extrauagance;

CLEONIE.

Te dis-ie pas hier, qu'il fuyoit ta presence,
Que j'ignore son nom, & que depuis deux iours,
Il habite en ces lieux, & me tient ces discours.

THEASTE.

Sçauez-vous son logis?

CLEONIE.

Que veux-tu que ie die;
Il ne me veut parler que de ta perfidie:
Il me cele son nom, son logis, ses parens,
Et ta seule inconstance est ce que j'en apprends.

THEASTE.

Adieu, si ie le voy, ma vengeance, & sa peine,

Rendront à vos beautez mon ardeur plus certaine;
Il desauoüera tout, au point de son trespas,

CLEONIE s'en allant.

Quand il auroit dit vray, ie n'en pleurerois pas.

Fin du premier Acte.

ACTE II.

SCENE I.

THEASTE. EVANDRE.

THEASTE.

Ie sçay la vaine attente où mon amour s'obstine,
Ie creuse mon tombeau, ie cherche ma ruine;
Mon desespoir suiura cét inutile effort,
Et j'adore en ses yeux, la cause de ma mort:
Mais que m'opposes-tu, souffre que j'obeysse
Aux loix de mon mal-heur, & que ie me trahisse;
Au penser seulement de rompre ma prison,
Tous mes sens reuoltez combattent ma raison;
Et mon mal m'est plus doux, que la moindre pensée
De chasser de mon cœur cette ardeur insensée.

EVANDRE.

Pareil à ces enfans, que la peur de mourir
Touche moins, que l'aspect, de qui les peut guerir;
Qui sans preuoir l'effect du mal qui les possede,
Ne peuuent supporter Medecin, ny remede;
Tel vostre lasche cœur tremble au simple conseil,
De mettre sur sa playe vn premier appareil;
Ainsi tous les Amans s'obstinent à leur perte,
Quelque ayde qu'ō leur cherche, & qui leur soit offerte;
Ainsi se trauailler pour son allegement,
C'est faillir, & se faire ennemy d'vn Amant.

THEASTE.

I'auouëray tes discours, si tu souffres que j'ayme,
I'ay des titres communs auec mon Maistre mesme,
Ie crains aueuglement l'aduis que ie reçoy,
Mais mon Maistre est enfant, & sans yeux, cōme moy.

EVANDRE.

Adioustez à ces noms le titre d'infidelle,
Que fera Felicie? & vous souuient-il d'elle?
Ne souspirez-vous plus, pour vn objet si doux,
Et peut-on retirer la foy qu'elle a de vous?

THEASTE.

Peux-tu (cruel Amy,) m'affliger de la sorte?

EVANDRE.

Comment?

THEASTE.

Ne sçais-tu pas que Felicie est morte?
Mon frere m'a mandé ce mal-heur sans pareil,
Et vid perdre le iour à ce ieune Soleil.

EVANDRE.

Vous ne m'en dites rien.

THEASTE.

Le Ciel ouyt mes plaintes,
Ne renouuelle point ces sensibles atteintes;
Ie meurs à ce penser.

EVANDRE.

Mais Cleonie au moins,
A possedé depuis vostre espoir & vos soins.

THEASTE.

Tu ressens comme moy l'amour qu'elle a fait naistre;

Ie ſeray (ſi tu veux) laſche, perfide, traiſtre,
Mes ſouſpirs eſtoient feints, mes ſermens eſtoient faux,
Ie confeſſeray tout, i'auoüeray mes deffauts;
I'adorois Florimonde, & l'œil de Cleonie,
Ne contribuoit point à ma peine infinie;
Elle peut agréer ou Madame n'eſt pas,
Mais cét aymable objet diſsipe ſes appas;
Elle eſt à ſes coſtez, & ſans luſtre, & ſans grace,
Comme auprés du Soleil, vne Eſtoille s'efface,
Et ie ne la ſuiuois, qu'auec deſſein de voir,
Celle qui ſur mes ſens exerce ſon pouuoir.

EVANDRE.

Tu peux ne l'aymer plus, mais cette meſdiſance,
Dont tu veux laſchement couurir ton inconſtance,
Eſt honteuſe, & deſtruit ton premier ſentiment,
Auec trop d'iniuſtice, & trop ingratement.
De tes laſches meſpris, mon iugement s'irrite,
Et ie dois cette preuue à ſon rare merite,
Elle a des qualitez dignes de tes deſirs,
Et ton affection eſt deuë à ſes ſouſpirs.

THEASTE.

Si tu veux (inhumain) m'affliger de la ſorte;
Briſons, ſorts d'intereſt en tout ce qui m'importe:
Laiſſe-moy le ſoucy de gouuerner mes vœux,

Et ne t'obstine point contre ce que ie veux:
Voila cette beauté dont toute ame est charmée;
De combien de rayons est la tienne enflammée?
La faut-il aborder ? ô respects superflus,
Plains toy lasche captif, ne delibere plus.

SCENE II.

FLORIMONDE. THEASTRE. EVANDRE.

EVANDRE tout bas.

THEASTE à genoux.

TRoublé, confus, saisi d'un repentir extréme,
C'est tout ce que ie puis, que dire, ie vous ayme,
Et que d'offrir un cœur à vos rares beautez,
Qui s'estoit rebellé contre vos cruautez.

EVANDRE en riant, dit à Florimonde.

Qui ne plaindroit son mal à voir comme il souspire,
Et qui ne iugeroit, qu'il souffre un vray martyre;

Theaste.

THEASTE.

Peux-tu, cruel Amy, douter de mon tourment;
Et t'opposer toy-mesme à mon allegement?

FLORIMONDE.

La feinte desormais n'est plus assez subtile,
Faites vos passe-temps d'vn esprit plus facile;
Ie n'aurois pas suiet de trop de vanité,
Quand j'aurois du pouuoir sur vostre liberté.

THEASTE.

Vous doutez iustement, combien ie vous respecte,
Ma propre vanité rend ma flamme suspecte;
Et vous m'auez fait voir des mespris si puissans,
Que j'ay desauoüé cette ardeur que ie sents;
Mais cette vaine humeur cede enfin à ma peine,
Ie ne déguise plus vne amour si certaine,
Et quelques longs mespris, dont ie sois menacé,
Ie reconnois les traits, dont mon cœur fut blessé:
Que iamais vos beaux yeux ne me rendent iustice,
Que du crime d'autruy ie porte le supplice;
N'épargnez ny froideurs, ny dédains, ny refus,
Ce superbe captif ne se reuolte plus;
Ie rendray sans rougir ce tribut à vos charmes,
Et j'auouëray par tout, le sujet de mes larmes.

EVANDRE à Florimonde.

Il feint ſubtilement, il le faut confeſſer,
Mais il bruſle d'vn feu, qui ne ſçauroit ceſſer;

THEASTE.

Eſt-ce ainſi que tu ſerts vne douleur ſi forte?
Eſt-ce l'allegement que ta pitié m'apporte:
Iniurieux Amy, me niant du ſecours,
Laiſſe à ma paßion au moins vn libre cours:
Adieu, laiſſe-moy ſeul;

FLORIMONDE.

Non non, ſa compagnie
N'augmente, ny decroiſt ma froideur infinie;
Ie croy ce qui vous plaiſt, vous m'aymez en effet,
Mais ne ſçauez-vous pas le deſſein que i'ay fait?
Et ſi vous ne doutez de mon indifference,
Eſtes-vous ſatisfait d'aymer ſans eſperance:

EVANDRE.

Madame, eſt il quelqu'vn qui ne ſçache en ces lieux,
Qu'il ayme Cleonie à l'égal de ſes yeux?
Et n'admirez vous point, auec combien d'adreſſe,
Il veut perſuader, qu'vn autre obiet le bleſſe.

THEASTE tirant son espée.

Traistre, c'est trop souffrir ce discours insolent,
Par qui, tu rends suspect vn feu si violent.
Lâche, qu'vn prompt départ de ces lieux te retire,
Où ton sang répandu prouuera mon martyre;

EVANDRE.

Voyez à la paleur, dont son visage est peint,
S'il peut auec plus d'art témoigner ce qu'il feint.

THEASTE à Florimonde qui le tient.

Souffrez,

EVANDRE en riant.

Qui ne croiroit que son esprit s'altere?
Et qui ne diroit pas, Theaste est en colere?

THEASTE que Florimonde tient.

Traistre, indigne suiet de mon affection;
Madame, consentez à sa punition.

EVANDRE.

O Dieux! qu'il est adroit! & par quel artifice,
D'vn simple passe-temps, il fait vn vray supplice;

Qui d'vn mal si bien feint n'auroit quelque soupçon;
Ne le croyez pourtant, que de bonne façon:
Adieu;

Il s'en va en riant.

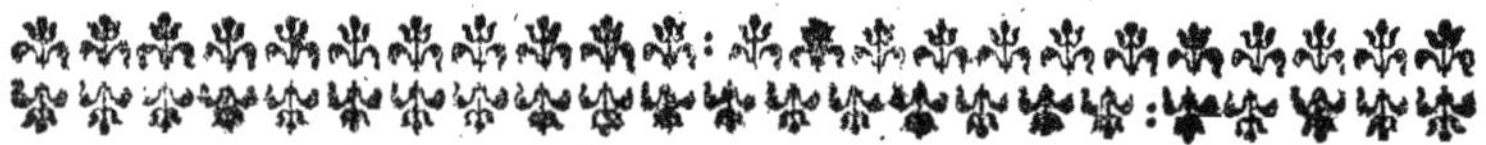

SCENE III.

THEASTE. FLORIMONDE.

THEASTE.

TV fuis en vain, lasche obiet de ma haine,
D'vne heure seulement tu differe ta peine,
Et ny soin, ny faueur, ou du Ciel, ou du sort,
Ne diuertiroient pas le moment de ta mort;

FLORIMONDE.

Ainsi, continuant l'honneur que vous me faites,
Vne ardeur inutile en rompt de si parfaites;
Vous m'aymez, ie le croy, mais ne sçauez-vous pas,
Que ie hay ce mot seul, autant que le trépas;
Ne m'esperez iamais, ny douce, ny traitable,
Quand i'ay fait vn dessein, il est irreuocable;
L'amour rend à mon cœur ses titres absolus,
Auec condition de ne me l'oster plus.

THEASTE.

Augmentez vos rigueurs, & s'il se peut Madame,
Que vostre cruauté soit égale à ma flamme,
Je ne m'obstine point contre un ferme propos,
Et n'ay point de dessein contre vostre repos.
Mais exempte d'amour souffrez d'estre adorée,
Je preuoy mon mal-heur, ma perte est asseurée;
Mais la necessité de mourir de vos coups,
Me fait hayr ailleurs vn traitement plus doux;
Et vous me plaisez plus, insensible & cruelle,
Qu'vne qui me rendroit vne ardeur mutuelle;

FLORIMONDE.

Et bien souffrez, Monsieur, sans espoir de secours,
Tant que de vos ennuys le Ciel borne le cours;
Puis qu'en vous, cõme ailleurs ma froideur sans secõde,
Laisse vne liberté commune à tout le monde;
J'ouure l'œil sans dessein, i'ignore son effet,
Et ne puis reformer ce que Nature a fait.

THEASTE.

Mais le temps a changé des froideurs sans pareilles, Cleante vient.

FLORIMONDE.

Vous acheuerez seul, adieu, contez merueilles, Elle s'en va.

SCENE IV.

CLEANTE. THEASTE.

CLEANTE.

THeaste auouëras-tu ce que ie veux sçauoir;

THEASTE.

Ie confesseray tout, s'il est en mon pouuoir;

CLEANTE.

Aymes-tu Florimonde?

THEASTE.

Helas! de quelle enuie,
Ie voy (fidelle Amy) le bon-heur de ta vie!
Qu'vn Astre fauorable en destourne tes pas!
Et que le sort est doux à qui ne l'ayme pas!

CLEANTE.

Quoy, tu te plains desia? cette presomptueuse
Ne sçait pas estimer ton ardeur vertueuse:

Le mespris luy sied mal, apres tant de refus
Qu'on a faits si long-temps à ses vœux superflus.
Veut-elle, ayant souffert vne si longue peine,
Changer de qualité ? trancher de l'inhumaine :
Et briguer vne place au rang de ces beautez,
Dont on voit tous les iours, tant d'Amans rebutez.

THEASTE.

Quelle (cruel Amy) dans ce rang redoutable,
A raison de pretendre vn lieu plus équitable;
As-tu porté les yeux sur les lys de son sein,
Sans conceuoir au moins vn amoureux dessein.
As-tu veu, sans amour, l'or de ses tresses blondes,
Dessus vn front si blanc se diuiser en ondes ?
Et le Ciel deuoit-il, qu'à ses diuines mains,
Commettre à gouuerner le destin des humains ?

CLEANTE.

O Dieux ! Theaste en tient : le beau sujet de rire !
Encore vn iour, ou deux, & nous verrons bien pire;
Theaste, pauure Amant, helas ! que ta raison
Touche desia de prés sa derniere saison :
Es-tu de ces esprits, qui feconds en chimeres,
Se font d'obiects mortels, des Dieux imaginaires ?
As-tu ces mesmes yeux :

THEASTE.

Adieu, telle qu'elle eſt;
Souffre que ie l'adore, & dy ce qui te plaiſt.

Il s'en va.

SCENE V.

CLEANTE ſeul.

IL eſt vray que iamais rigueur plus obſtinée,
D'vne chaſte beauté n'a l'ardeur terminée;
Que ſes vœux innocens deuoient m'eſtre plus chers,
Et qu'elle a des bontez à fendre des Rochers:
I'ay ry de ſes ſouſpirs, i'ay meſpriſé ſes charmes,
Et j'ay veu d'vn œil ſec, ſes yeux moüillez de larmes;
Mille Amants plus parfaits ſoûpirent ſous ſa Loy,
Et ce qu'ils font pour elle, elle l'a fait pour moy;
Ie l'ay veu à mes pieds, paſle, triſte, malade,
Me prier de l'entendre, implorer vne œillade;
Ie voyois de ſes pleurs ſon beau ſein arrousé,
Et ie luy reprochois, ce que j'auois causé;
Ie condamnois l'ardeur qu'elle faiſoit paroiſtre,
Et ne pouuois ſouffrir, ce que ie faiſois naiſtre;

O rigueur

O rigueur criminelle ! indigne cruauté !
Contre vne si charmante, & parfaite beauté !
Mais que cét entretien est contraire à l'enuie,
Que j'ay de conseruer le repos de ma vie !
Si franc de passion ie raisonne en Amant,
Et songe auec plaisir à cét objet charmant.
Cessez tristes discours, loin friuoles pensées,
Messagers importuns de flammes insensées ;
Qui domptez la raison, & disposez les cœurs,
A dépendre d'amour, & souffrir des vainqueurs ;
Ne me figurez plus cét objet adorable,
Et souffrez que Cleante ayt vn repos durable.

SCENE VI.

CLEONIE. TYRSIS. CLEANTE.

CLEONIE monstrant Cleante à Tyrsis.

Voila ce beau Rocher, qui respire le iour,
Cét esprit insensible aux attraits de l'Amour ;
Ce cœur inaccessible à ses diuines flammes,
Et ce fier dedaigneux des libertez des Dames ;

Cleante est-il pas vray?

CLEANTE.

Quoy?

CLEONIE.

Que iamais les Cieux
Ne furent plus serains, ny plus beaux à nos yeux;
Et qu'on n'auoit point veu tant de beautez écloses,
Depuis que l'œil du iour r'anime toutes choses.

CLEANTE.

Ce iour est sans pareil.

CLEONIE.

Ces deux Chantres de l'air
Font ouyr en ces lieux leur amour sans parler.
Voy, qu'au bord de ces eaux, Zephyre baise Flore,
Toute parée encore des perles de l'Aurore.
Ces arbres iusqu'au cœur se sentent embrazer,
Voy leurs feuillages verds, émeus, pour se baizer;
Et voy que doucement l'eau baise ce riuage,
Qui l'a tient embrassée, & cause son seruage;
Es-tu seul insensible aux amoureux appas?
Ces obiects innocens ne t'émeuuent-ils pas!

Florimonde vaut tant.

CLEANTE.

Cette fille importune
Vous fait-elle embrasser le soin de sa fortune,
Ne se rend-elle point à de si longs refus,
Et n'ayant rien acquis, croit-elle obtenir plus?

CLEONIE.

Non non, cette beauté dont toute ame est charmee,
Fait naistre de la flamme, & n'est plus enflammee;
Elle ne cherche plus de secours à son mal,
Ses trauaux sont finis par vn ordre fatal,
Cette puissante main qui soustient tout le monde
Establit le repos au sein de Florimonde;
Vn genereux effort dégage ses esprits,
Et d'vne lasche amour, fait vn iuste mespris.

CLEANTE.

Sa resolution est digne de loüange,
Et ie l'estime plus, pour cét effet estrange,
Que pour auoir souffert vn si cruel tourment;
Adieu, que son mespris dure eternellement.

Il s'en va.

SCENE VII.

CLEONIE & TYRSIS seuls.

CLEONIE.

Dieux ce barbare esprit, de la mesme constance,
Qu'il a veu son amour, voit son indifference.

TYRSIS.

I'approuue qu'il conserue vn cœur indifferent,
Et ne condamne point ce mespris apparent;
Mais l'oubly ce me semble, est digne de tonnerre,
Ce crime dûst armer le Ciel contre la Terre;
Et son iuste courroux n'éclatte iamais tant,
Qu'en la punition d'vn esprit inconstant.

CLEONIE.

Il est vray que ce vice est vn deffaut extréme.

TYRSIS.

Et vous souffrez vn traistre, & l'inconstance mesme;

Vn perfide est souffert au nombre des mortels,
Et l'Amour le reçoit encore à ses Autels;

CLEONIE.

Vous parlez de Theaste?

TYRSIS s'enfuyant.

Adieu, ie voy ce traistre;

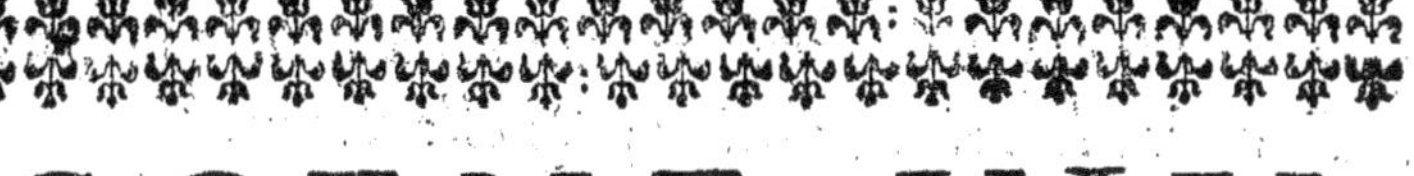

SCENE VIII.

CLEONIE. THEASTE.

CLEONIE.

LAs tu veux me quitter, quand il t'a veu paroistre,

THEASTE.

Qui?

CLEONIE.

Ce ieune Estranger, dont l'esprit violent,
Ne sçauroit contenir son mépris insolent;

Qui te porte vne haine à nulle autre seconde;
Et te peint si leger aux yeux de tout le monde.

THEASTE.

Quel sentier a-t'il pris : courons;

CLEONIE.

Ie ne crois pas,
Que ta course à present puisse atteindre ses pas;
Ie crains vn triste effet du courroux qui le presse;
Theaste reuient. *Theaste, le voicy, reuien; Quelle vitesse?*
O Dieux! iamais cheureil n'a d'vn pas si pressé,
Euité les assauts dont il est menacé;

THEASTE.

Fay que ce lasche cœur se presente à ma veuë;
Où l'as-tu veu cruelle.

CLEONIE.

Ha simple, tu m'as creuë?
Tu ne tiens rien Theaste, il est bien loin d'icy,
Son trespas me seroit vn trop cuisant soucy,
Si ie l'auois causé;

THEASTE.

Ta remise inutile

Luy feroit dans le Ciel chercher vn vain azyle;
Ie sçauray son dessein.

CLEONIE.

Reconduy-moy chez nous,
Apres, suy les accez de son iuste courroux;
Mais ta ciuilité souffre dans ta colere,
Et tu dois tout soûmettre au dessein de me plaire.

Fin du second Acte.

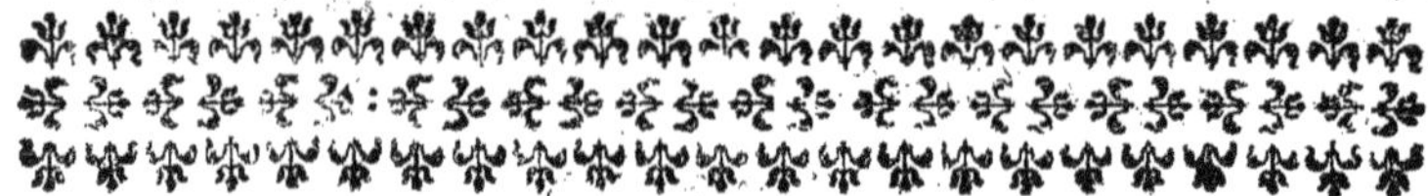

ACTE III.

SCENE I.

FLORIMONDE. EVANDRE.

FLORIMONDE.

QVE ie m'entretenois d'vn espoir inutile!
Qu'en nos ieunes esprits la constance est fragile,
Et quelques genereux qu'ayent esté mes efforts,
Combien les traits d'amour sont encore plus forts;
Que ie sens vn effect contraire à mon attente,
Ma flamme chaque iour deuient plus vehemente;
Elle est plus supportable, alors qu'elle paroist,
Et le dessein que j'ay de la cacher, l'accroist.
I'ayme, j'ayme Cleante, & cét esprit barbare,
Me paroist chaque iour, plus charmant, & plus rare;
Il condamne mes pleurs, il rit de mes soûpirs,

Mais

Mais son ingratitude augmente mes desirs,
Et mon affection s'accroist par ma disgrace,
Comme chez luy mes feux produisent de la glace.
I'ay dessein toutefois de ne m'exposer plus,
A la confusion de souffrir ses refus;
I'euite de ses yeux l'agreable lumiere,
Le trouuant sur mes pas, ie m'enfuy la premiere;
Ie destourne les yeux de ses charmans appas,
Mais à quoy ces froideurs, s'il ne les ressent pas?

EVANDRE.

La Loy d'amour, Madame, est vne Loy fatale,
On voit des changemens d'vne importance égale;
Ce vieillard affamé, qui mange ses enfans,
Quelquesfois des vainqueurs a fait des triomphans;
Cleante à ses despens vous peut rendre iustice,
Et d'vn mespris iniuste, éprouuer le supplice.

FLORIMONDE.

Quel homme si barbare a iamais veu le iour,
Et qui iamais a dit, Cleante a de l'amour.
O le friuole espoir!

EVANDRE.

Dedans ces ames lentes,
Ces ardeurs à la fin naissent plus violentes;

Il peut en vos ennuys prendre vne égale part,
Et beaucoup ayment plus, pour auoir aymé tard:
Vsez d'autres moyens, sur cette ame inhumaine,
Employez le mespris, ou la caresse est vaine;
Parez d'attraits nouueaux, & de nouuelles fleurs,
Ce teint si dénué de ses viues couleurs;
Et (si vous le voulez éprouuer dauantage;)
Il faut souffrir Theaste, agréez son seruage;
Feignez de l'estimer, qu'on en seme le bruit;
Et ce faux changement peut-estre aura son fruict.
Il peut se repentir de son ingratitude,
Et prendre part enfin, en vostre inquietude;

FLORIMONDE.

Ie suiuray ton aduis; certaine émotion
Me promet quelque effet de cette inuention.
Voy de ce pas Theaste, & luy conte merueille,
Dy-luy, qu'il peut enfin posseder mon oreille;
Tendons à son amour cét appas deceuant,
Pour vn solide bien, n'épargnons point du vent;
En l'attendant chez nous, ie vais auec ma glace,
Consulter du retour de ma premiere grace;
Opposer ma constance aux ruisseaux de mes pleurs,
Et composer de tresue, auecques mes douleurs;

EVANDRE.

Feignez bien ſeulement, adieu, ie voy Cleante;

Elle s'en va.

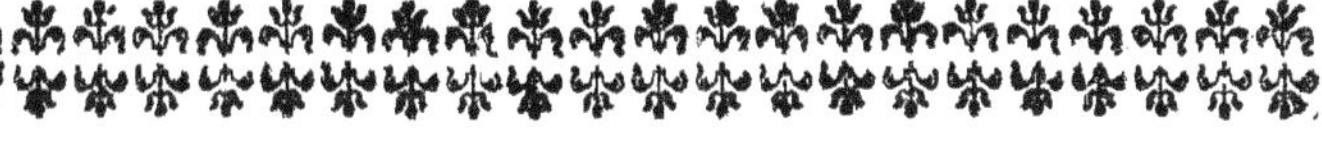

SCENE II.

EVANDRE. CLEANTE.

CLEANTE.

SVis-ie ſi dangereuſe? mon abord l'épouuante?
O Dieux! quel changement!

EVANDRE.

Que voſtre ſort eſt doux!
Qui l'approche d'vn autre, & l'eſloigne de vous;
Gouſtez vn long repos, chaſſez de vos penſées,
Cét objet importun de vos plaintes paſſées!
Elle ne pouſſe plus de ſouſpirs ſi preſſans,
Son cœur eſt dégagé de l'empire des ſens;
Vn nouueau feu ſuccede à ſa flamme ancienne,
Et le Ciel reſtablit voſtre paix & la ſienne;

CLEANTE.

Connois-ie point l'autheur de ce brazier naissant?

EVANDRE.

Theaste, est le suiet des ardeurs qu'elle sent.

CLEANTE.

Theaste vaut beaucoup.

EVANDRE.

Il languit, il souspire,
Et par des signes vrays prouue vn si vray martyre,
Que certes Florimonde eust esté sans pitié,
Demeurant insensible à sa ferme amitié;
Ie m'en vais arrester cét heureux mariage,
Qui sous vn mesme joug, leurs deux ames engage;

CLEANTE.

Le Ciel soit fauorable à leur affection,
Et fasse reüßir vostre commißion;

EVANDRE.

Quand deux cœurs sōt d'acord, cher Cleante il me sēble,
Qu'il n'est pas mal-aisé de les vnir ensemble.

SCENE III.

CLEANTE. seul.

HOmme le plus ingrat qui respire le iour,
Indigne obiet de tant d'amour?
Cette rare beauté ne t'est plus importune;
Elle ne languit plus sous le ioug de tes Loix,
Vn autre a bien receu l'amour que tu deuois,
Moins à son iugement, qu'à ta bonne fortune:

A d'autres yeux qu'aux tiens, ses yeux ont esté chers,
Et tous cœurs ne sont pas Rochers:
Vn autre est glorieux de ce que tu rejettes,
En toy seul elle treuue vn barbare meurtrier,
Et l'amour n'eut iamais vn rebelle si fier,
Comme il n'a iamais eu de si belles sujetes:

Tu n'es plus cét objet si doux à ses desirs,
Tu ne causes plus ses soupirs,
Vn iuste coup du Ciel change sa destinee,
Tu ne seras plus sourd à ces vœux superflus,

Elle a ſeiché ſes pleurs , & tu ne verras plus,
Cette chaſte Venus à tes pieds enchaiſnee:

Attribuë , inſolent , au pouuoir de ſes traits,
La conqueſte de ſes attraits;
Monſtre par tout les fers d'vne eſclaue ſi belle;
Vante-toy , que ton cœur n'eſt qu'vn Rocher viuant,
Gouſte ces faux plaiſirs , repais-toy de ce vent,
Cependant qu'à ta honte vn autre jouyt d'elle:

Tandis que ton orgueil enrichit ton riual,
D'vn treſor qui n'a point d'egal ,
Du prix d'vne beauté qui n'a point de ſeconde;
Tu peux , ſans eſtre vain , exalter ton pouuoir;
Et dire , ils n'ont qu'vn bien que ie pouuois auoir,
Cette gloire eſt pour toy , mais ils ont Florimonde.

Il continuë.

Inutiles penſers , honteuſes reſueries,
Qui portez mon eſprit à d'aueugles furies,
Quelle Loy vous diſpenſe à troubler mon repos?
Et qu'auancerez-vous contre vn ferme propos?
Portez triſtes penſers , vos conſeils inutiles,
A ces cœurs abbatus , à ces ames ſeruiles,
Foibles joüets des vents , qui ſans ceſſe agitez,
Entre mille deſſeins , n'en ont point d'arreſtez.

Mais ô foible discours, qui flatte ma pensée,
Dans le nouueau tourment, dont mon ame est blessée;
Tu ne peux empescher l'étreinte de mes fers,
Et ne restablis point le repos que ie perds;
Vn captif orgueilleux se flate en son seruage,
Ie veux paroistre libre, alors que ie m'engage;
Vn orgueil raisonnable, à mon mal seroit joint,
S'il m'estoit moins sensible, en ne l'auoüant point.
Mais j'ayme ces charmeurs de tant de belles ames,
Ces yeux qui forcent tout, qui causent tant de flammes,
Mon sort est gouuerné par ces Astres d'amour,
Et ces jeunes Soleils me cousteront le iour.
Quelle nouuelle ardeur fait dans ce sein barbare,
D'vn si lasche mespris, vne amitie si rare;
Et me peint aujourd'huy, si doux, si plein d'appas,
Le mesme obiet qu'hier mes yeux ne souffroient pas?
Sa beauté me déplaist, quand elle m'est offerte,
Et j'en suis idolatre au moment de sa perte:
Est-ce que la raison m'a desillé les yeux,
Pour me faire estimer ce chef d'œuure des Cieux;
Pour bannir de mon cœur cette froideur extréme,
Et pour me faire enfin perdre la raison mesme?
Enfin, que resoudray-ie en cette extremité?
Mais que puis-ie resoudre estant sans liberté?
Soûmettons à ses Loix le cours de nos années,
Et suiuons sans dessein celuy des destinées;

Ou va seul & pensif ce glorieux Amant?
Rétraignons à ses yeux vn feu si vehement.

SCENE IV.

CLEANTE. THEASTE.

CLEANTE.

ENfin elle est à vous? son cœur est sans deffense?
Et ce reb lle enfin est vostre recomp nse?
Il partage les feux dont vous estes épris?
Le merite & l'amour tost ou tard ont leur prix.

THEASTE.

L'amour sans le merite a d'inutiles armes,
Et ce mal-heur produit le suiet de mes larmes;
Mais riez de me voir en l'estat où ie suis,
Ioignez ce déplaisir à mes autres ennuys.
Vn superbe vainqueur, vn charmeur insensible,
En qui l'amour rencontre vn cœur inaccessible;
Qui rebute l'obiet, dont ie suis rebuté,
Merite qu'on luy souffre vn peu de vanité.

Cleante.

CLEANTE.

Elle ſera bien-toſt le butin de vos forces,
Quelle Dame en ces lieux éuite vos amorces;
Ne vous a-t'on pas veu ſignaler vos meſpris,
Aux deſpens de Cleon, d'Orante, & de Cloris:

THEASTE.

Il vous eſt bien-ayſé de railler de la ſorte,
Mais ſoyez ſatisfait de ce qui vous importe;
Chacun rencontre aſſez dequoy s'entretenir,
En ſes propres deffauts, s'il s'en veut ſouuenir:

CLEANTE. riant.

Quelque heureuſe pourtant, que ſoit voſtre memoire,
Vous ne treuuez en vous, que des ſuiets de gloire;
Seul vous eſtes l'obiet des plus ardens deſirs,
Seul vous entretenez l'vſage des ſoûpirs:

THEASTE.

Voſtre éloquence eſt rare;

CLEANTE.

Adieu, que cette belle,
Faſſe durer long-temps voſtre ardeur mutuelle,
Car ſi vous ne ioignez vos faueurs à vos coups,

Florimonde n'est plus, & nous la perdons tous.
Adieu, conseruez-la.

Il s'en va.

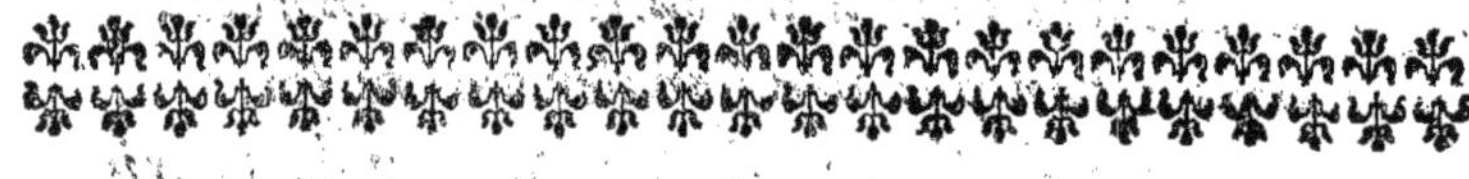

SCENE V.

THEASTE.

DIeux ! de quelle impudence,
Par ce ris indiscret, ce superbe m'offence;
Et qui rend son mespris, & son auersion,
Si long-temps supportable à ma discretion?

THEASTE continuë, voyant Tyrsis passer le nez dans son manteau, sans s'arrester.

Mais quel ieune Estranger, inconnu dans ces plaines,
Passe resuant & triste, aux bords de ces fontaines:
C'est ainsi qu'on m'a peint ce ieune audacieux,
Qui me rend si suspect, aux beautez de ces lieux;
Il faut suiure ses pas. Mais vn plus grand outrage
iuandre rant sõ spée. *Contre cét autre encore anime mon courage;*
Traistre, lâche ennemy des beaux feux que ie sents,
A ce coup fay raison à mes vœux innocens.

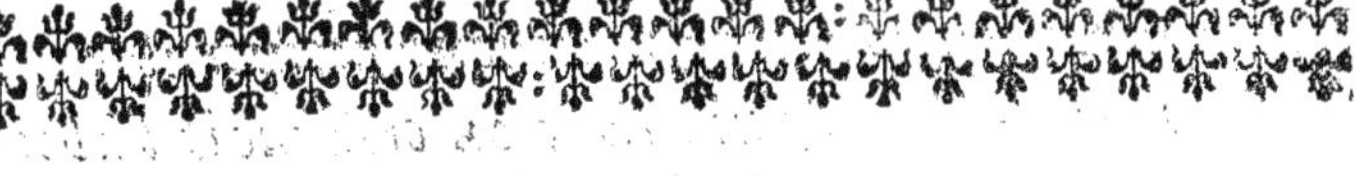

SCENE VI.

EVANDRE. THEASTE.

EVANDRE sans s'émouuoir.

Mais toy, reprime vn peu cette insolente enuie,
Qui menace de mort, qui t'apporte la vie;
Rétrain d'vn nœuf plus fort, nostre longue amitié,
Et le genoüil en terre, implore ma pitié:

THEASTE.

Non, non, la fourbe est vaine, & de quelque artifice,
Que tu veilles, ingrat, differer ton supplice;
Tu cherches au besoin d'inutiles efforts,
Et ton esprit icy, ne peut sauuer ton corps:

EVANDRE.

Des iniures enfin, vous passez à l'outrage,
Assez d'occasions ont prouué mon courage;
Mais ce bras est lié par mon affection,
Qui m'oblige à souffrir vostre indiscretion:

En quoy vostre valeur est-elle incomparable?
Quels si rares exploicts la rendent memorable:
Estes-vous de ces preux, dont on craignoit l'abord,
Et qui peuploient iadis les palais de la mort.
Estimez-vous mon cœur remply de tant de glaces,
Qu'il tremble, & qu'il s'effraye à ces fieres menaces?
Souuent ces vifs accez se changent en vapeur,
Et tel qui parle tant à sa part de la peur.

THEASTE.

Traistre, par quelle humeur à mon repos contraire,
Me rendois-tu suspect à ma belle aduersaire?
Quel enuieux dessein, quelle desloyauté,
Te faisoit conspirer auec sa cruauté:

EVANDRE.

Le Ciel, (ingrat Amy) connoist de quelle enuie,
Ie tâche à restablir le repos de ta vie;
Il est vray, qu'esperant d'arrester ton dessein,
Et d'esteindre le feu qui t'embrase le sein;
I'ay combattu long-temps, cette flamme naissante,
Et choqué tes desirs d'vne force innocente;
Mais quand j'ay reconnu ton esprit obstiné,
Contre quelque mal-heur, qui luy fust destiné;
Cherir aueuglement, cette belle inhumaine,
I'ay souffert ton amour, j'ay partagé ta peine;

Et ſi bien trauaillé pour ton aduancement,
Mais te dois-ie annoncer cét heureux changement?

THEASTE.

Que peux-tu procurer au mal qui me tourmente,
Euandre, as-tu flechy cette inſenſible Amante?
Son cœur incline-t'il au deſſein que ie veux;
Et l'as-tu diſposee à receuoir mes vœux?

EVANDRE.

I'ayme, qu'vn orgueilleux parle de cette ſorte,
I'ayme à voir reprimer l'ardeur qui le transporte;
Ne reclame que moy, pour ton ſoulagement,
Mais que ton repentir obtiendra ſeulement.

THEASTE remettant ſon eſpée.

Pardonne (cher Euandre) vne aueugle manie;
Et donne vn peu de treſue à ma peine infinie;
Baiſeray-ie tes pas, & veux-tu qu'à genoux,
I'entende le recit d'vn changement ſi doux?
Mais que l'eſpoir eſt faux dont mon amour ſe flate,
Et que j'eſpere en vain de toucher cette ingrate?

EVANDRE.

Florimonde eſt à toy, cette chaſte Cypris,
Eſt ſenſible à tes maux, & prepare leur prix.

Le dessein d'éprouuer une amitié si sainte,
A causé (cher Amy) la rigueur qu'elle a feinte;
Mais quand elle a connu ces transports furieux,
Son cœur, qu'elle cachoit, s'est ouuert à mes yeux:
Dy-luy, (m'a-t'elle dit,) que j'ayme son seruage,
Qu'vne iuste pitié desarme mon courage:
Et qu'il vienne ce soir entendre de ma voix,
Combien l'honneur m'est cher de viure sous ses Loix.
Charmé de ce discours, j'ay quité cette belle,
Pour venir t'annoncer cette heureuse nouuelle.

leonie écou-

THEASTE. l'embrassant.

Euandre, cher Autheur d'vn bien si precieux,
Incomparable Amy, rare honneur de ces lieux,
Quelles soûmissions, & quelle obeyssance,
M'exempteront de blasme & de méconnoissance.
Partage également auec cette beauté,
Le droit qu'elle pretend dessus ma volonté,
Diuise auec ses yeux l'empire de mon ame;
Mais courons, & voyons ces autheurs de ma flamme;

SCENE VII.

CLEONIE. THEASTE. EVANDRE.

CLEONIE. l'arrestant.

ARreste vn peu Theaste; où s'adressent tes pas?
Ie n'ay rien entendu, simple, n'en rougy pas:

THEASTE feignant de chercher Tyrsis.

Où le puis-ie treuuer, quel aueugle caprice,
Le porte à me traiter auec tant d'iniustice?
Si vous m'aymez encore, vous deuez partager
L'affront que ie reçoy de ce ieune Estranger;
Courons ie l'ateindray, quelque effort que sa fuite,
Fasse pour le sauuer de ma longue poursuite.

CLEONIE.

O le plus traistre esprit qui soit en l'Vniuers!
L'Estranger que tu veux, t'attend les bras ouuerts,
Et ton cœur déguisé dessous ce front seuere,
Te cherche, plus bruslant d'amour, que de colere:
Que ie n'empesche point l'effect de tes desirs,

Cours, pousser en ses bras mille amoureux souspirs,
Et vante insolemment le pouuoir de tes charmes,
Si ta perte m'afflige, & me couste des larmes;

THEASTE.

Le faut-il auoüer? Vn autre objet que toy
Attire mes desirs, & possede ma foy:
Ce n'est pas ta beauté qui cause mon martyre,
Et ie te veux du bien assez pour te le dire;
C'est encore beaucoup, que ie t'ayme à ce point,
De te desabuser, & ne te ioüer point.

Il s'en va auec Euandre.

CLEONIE.

Serts, infidelle, serts, quelque obiet qui t'agrée,
Estably ton pouuoir sur toute la contrée,
Le regret de ta perte est vn mal si leger,
Qu'il ne faut ny discours, ny temps pour l'alleger;
D'vn si honteux regret mon ame est incapable,
Ie t'obligerois trop, te traitant en coupable;
Ie te puis oublier, si tu m'as pû trahir,
Et ie t'aymois trop peu, pour t'en pouuoir hayr.

Scene

SCENE VIII.

TYRSIS. CLEONIE.

TYRSIS la surprend.

Vous pensiez à Theaste;

CLEONIE.

Ouy, comme en un volage,
Qui de ses premiers fers pour mon bien se dégage:
Il rend à ma raison l'empire de mes sens,
Florimonde est l'obiet de ses desirs naissans,
Et vain imitateur d'un frere aussi perfide,
Auec sa trahison, croit faire un homicide:

TYRSIS.

Dieux! oubliant en vous un obiet qui plaist tant,
Sur quoy peut s'excuser cét esprit inconstant;
Depuis que les saisons ont esté diuisées,
Que le Ciel voit ourdir nos fatales fusées;
Et qu'amour à du droit dessus la liberté,
Vn plus perfide Amant a-t'il veu la clarté;

CLEONIE.

C'est vn volage esprit ; mais enfin , quelle iniure,
Vous fait obstinément mespriser ce pariure ;
Qui vous fait obseruer ces respects superflus ?
Dequoy l'accusez-vous ? ne me le celez plus ?

TYRSIS.

Enfin, c'est trop long-temps prolonger vostre attente,
La complaisance icy , veut que ie vous contente ;
Maintenant que luy-mesme il m'offre la saison ,
Où ie dois de son sang , lauer sa trahison ;
Tandis qu'vn nœud commun vnissoit vos deux ames,
Ie n'ay pû me resoudre à ruiner vos flammes ;
I'éuitois son abord , j'en destournois mes pas ,
Et luy laissois le iour , pour ne vous l'oster pas ;
Mais puis qu'à son mal-heur cét esprit infidelle ,
Pour vn nouuel objet , sent vne ardeur nouuelle ;
Rien ne peut plus sauuer ce desloyal Amant ,
Ny diuertir l'effet de mon ressentiment.
Deux mots vous l'aprenant; nostre iniure, & son crime
Vous feront auoüer mon courroux legitime ?

CLEONIE.

Ie sçay bien qu'il est traistre , & sans comparaison ,

TYRSIS.

Lyon est mon pays, & Tyrsis est mon nom;
En ce lieu, mes parens, chargez d'ans & de gloire,
Ont laissé de leur vie une heureuse memoire;
Et des biens suffisans d'ayder vn successeur,
A qui le Ciel par eux n'a donné qu'vne sœur:
Felicie est son nom, & cette ieune fille,
Est la gloire, & l'amour de toute sa famille;
Son visage est pourueu d'assez doux ornemens,
Et si j'oze le dire, elle a fait des Amants;
Mais elle a refusé deux ans vne franchise,
A des esprits constans, qu'vn infidelle a prise.
Sejournant à Lyon, Theaste vint la voir,
Vn de ses alliez nous le fist receuoir;
Elle plût à ses yeux, en eut mille visites,
Et se sentit portée à cherir ses merites;
Le temps accreut enfin leurs naissantes ardeurs,
Ils bannirent d'entre eux, & soupçons, & froideurs,
Ils offrirent leurs bras à des chaisnes communes,
Et voulurent vnir leurs iours, & leurs fortunes;
Ma sœur m'ayant forcé d'approuuer son amour,
Esloigna mille Amants qui luy faisoient la cour;
Et respondit aux vœux de ce cœur infidelle,
Qui feignoit laschement, s'il ne brusloit pour elle;
Il pressa cét hymen, & nous de nostre part,

Esperant son retour, pressasmes son départ;
Il alloit (disoit-il) solliciter son pere,
De son consentement pour cette heureuse affaire;
Mais son frere, qui vint tost apres, nous apprit,
Le refroidissement de ce volage esprit.
Nous dit qu'vn autre obiet occupoit sa pensée,
Et que par d'autres yeux son ame estoit blessée;
Iugez de nostre affront, enfin ce Messager,
S'offrit à son deffaut, nous croyant obliger;
Mais ma sœur, conseruant vne iuste colere,
Resolut de hayr, & l'vn & l'autre frere,
Et traita le dernier auec tant de mespris,
Qu'il esteignit les feux dont il estoit épris.
I'ay long temps essayé d'oublier cette iniure,
Et le iuste dessein de perdre le pariure;
Mais inutilement, l'honneur & la raison,
M'ont rendu trop sensible à cette trahison:
Et ie suis en forets pour punir ce perfide,
Sur qui si lâchement l'inconstance preside.

CLEONIE.

O Dieux! que dites-vous?

TYRSIS.

Qui vous afflige tant?

CLEONIE.

Thymante son aisné, ce vain, cét inconstant,
En moy, deuant ce temps a treuué quelques charmes,
Et me nommoit alors le sujet de ses larmes;
Ie l'aymois, (ie l'auouë) & mon seul desespoir,
M'a fait souffrir son frere, afin de l'émouuoir;
Quand ie vis refroidir son ardeur violente:
Et tous les deux enfin ont trompé mon attente;

TYRSIS.

Madame, de tous deux ce bras vous peut vanger,
Et la douleur décroit, se pouuant partager;
Souffrez que ie le cherche, & dessus mon courage,
Reposez-vous du soin de punir cét outrage;
Il ne vantera plus, sa force, & vostre amour,
Et demain, s'il n'est mort, j'auray perdu le iour.

ACTE IV.

SCENE I.

CLEANTE. seul.

Nfin cede Cleante à d'inuincibles charmes,
Renonce à ta raison, mets bas ses vaines armes;
Et les chaisnes aux mains, & les genoux à bas,
Prie ce mesme objet, que tu n'y souffrois pas;
Honte, confusion, inutile pensée,
Importun souuenir de ma gloire passée;
Presomption, mespris, constance, vanité,
Que mon esprit vous perde auec sa liberté.
Laissez-moy le dessein d'adorer Florimonde,
Et faire qu'à mes vœux sa belle ame responde;
Portez enfin mes bras, les fers qu'elle a portez,
Vous estes des ingrats, si vous ne l'imitez;

œur, ſource de ſes pleurs, & de mon iniuſtice.
onſeruant ta froideur, tu conſerues vn vice;
t pouuant t'exempter de l'aymer à ton tour,
'u nourris vn meſpris, plus aueugle qu'amour.
'ien donc, chaſte beauté, ſi chere à ma memoire,
'ul eſpoir de mes vœux, ſeul comble de ma gloire,
dreſſe icy tes pas; vien Deeſſe en ces lieux,
oir reſpandre des pleurs, à ces ſuperbes yeux;
oir les fers que tu veux, deſſus ces mains captiues,
1e voir baiſer tes pas, imprimez ſur ces riues;
oir de ma vanité triompher ta vertu,
t ce barbare orgueil à tes pieds abbatu;
ien voir ce cœur ingrat ſouffrir ſans recompenſe,
t qui fut tout eſpoir, t'aymer ſans eſperance;
ma foibleſſe enfin ſuccombe à mes douleurs,
mourhy ſatisfait, j'auray payé tes pleurs,
a pitié pour le moins, plaindra mon aduanture,
u feras quelques vœux deſſus ma ſepulture;
t diras, (te loüant du pouuoir de tes traits,)
oila dans le tombeau, qui m'en a mis ſi pres;
e marbre tient enclos, ſans vigueur, & ſans vie,
'eante, cét ingrat, qui me l'auoit rauie;
1ais ie voy cette belle; auançons dans ce bois,
'où ſans eſtre apperceu ie puiſſe ouyr ſa voix. Il ſe cache dans le bois.

SCENE II.

FLORIMONDE. CLEONIE.

CLEONIE.

DOnc, Theaste est à vous, & cét esprit volage,
De ses premiers vainqueurs, laschement se dégage;

FLORIMONDE.

I'ay sans aucun dessein engagé ses esprits,
Mais ie veux conseruer enfin ce que j'ay pris.

CLEONIE. riant.

Vsurpant dessus moy cét empire, Madame,
Vous deuiez m'enuoyer ou le fer, ou la flamme;

FLORIMONDE.

Le fer est le recours des esprits insensez,
Pour la flamme, l'aymant, vous en auez assez;

CLEONIE.

Voyez combien de pleurs tesmoignent mon martyre,
Quelles plaintes ie faits, & comme ie soûpire!

FLORIMONDE.

Les soûpirs, les regrets, les plaintes, & les pleurs,
Ne sont que les effects des communes douleurs?

CLEONIE.

Au moins ne doutant point du mal qui me tourmente,
Que ne consoliez-vous sa mal-heureuse Amante;

FLORIMONDE.

C'est que ie n'ay pas creu, que vostre affliction,
Fust capable si-tost de consolation.

CLEONIE. en riant.

Aymez chere compagne, aymez cette infidelle,
Respondez constamment à son ardeur nouuelle;
Ie ne troubleray point vostre contentement,
Et ie voy sans regret vn si doux changement.
Ie ne ressentois point vne amitié si forte,
Que ce mal-heur ayt pû m'affliger de la sorte;
Que sa perte m'oblige à ces tristes propos,
Et me doiue couster celle de mon repos.

I

Mon espoir n'est point faux, & j'estois preste à rendre,
Le droit que sur son cœur Theaste m'a fait prendre;
Ie l'eus sans insolence, & le perds sans ennuy,
Comme vn present du sort aueugle comme luy;
Ie preuoyois sa perte, & j'appris de son frere,
A ne me rendre pas son amour necessaire;
Thimante m'a seruie:

FLORIMONDE.

O Dieux.

CLEONIE.

Mais vn instant;
Et ie ne tenois pas Theaste plus constant.

FLORIMONDE.

Pour moy, qui sous les Loix d'vn tyrannique Empire,
I'ay plaint si vainement vn si honteux martyre;
Ce changement du sort, qui finit mes douleurs,
Qui modere mes feux, & qui tarit mes pleurs;
Par qui ie ne voy plus qu'vn insolent me braue,
Qui m'oste ce tyran, & me donne vn esclaue;
Cét heureux changement me fait treuuer si doux,
L'honneur de voir languir Theaste à mes genoux;
Que vaine de me voir sous ses Loix asseruie,
I'estime également mon seruage, & ma vie;

Et rougis tous les iours des maux que j'ay soufferts,
Pour ce presomptueux qui méprisoit mes fers:

SCENE III.

CLEANTE. FLORIMONDE. CLEONIE.

CLEANTE. retenant Florimonde.

Ce discours est pour moy;

FLORIMONDE. s'en voulant aller.

L'on m'attend chez mon pere,

CLEANTE.

Quoy tant d'amour, auec tant de colere,
Au moins, pour obtenir l'honneur de vous parler.
Que ie vous accompagne, ou vous voulez aller;

FLORIMONDE. taschant à se tirer de ses mains.

Importun, laissez-moy.

CLEANTE. *la tenant.*

L'agreable caresse ;

FLORIMONDE.

Pourquoy m'arrestez-vous, adieu, l'heure me presse ;

CLEANTE.

M'ayant pour m'exprimer vostre amoureux soucy,
Arresté si souuent, me traitez-vous ainsi ;

FLORIMONDE.

Le mal est bien cruel qui n'a iamais de cesse,
Et ce qui fut n'est plus ; passez, ou ie vous laisse ;

CLEANTE.

Quoy ? vous auez vn cœur capable de changer ?
Et l'inconstant qu'il est me vouloit engager ?

FLORIMONDE.

Ou iustement, ou non, il me plaist de le faire,
Et ie renonce enfin au dessein de vous plaire ;

CLEANTE.

Mais si i'estois sensible à vostre affection,
Et que i'eusse caché mon inclination ?

FLORIMONDE.

S'agissant du repos, c'est mal fait que de feindre,
Et tel se rit d'amour, qui peut apres s'en plaindre;

CLEANTE.

Si detestant enfin mes iniustes mespris,
Un iuste repentir, engageoit mes esprits;

FLORIMONDE.

Ie verrois de bon œil vostre attente trompée,
Apres l'occasion qui vous est échappée;

CLEANTE.

Peut-estre que mes pleurs obtiendroient mon pardon?
Et que vostre pitié m'accorderoit ce don?

FLORIMONDE.

Vos pleurs pourroient plutost échauffer de la glace,
Vous reuenez trop tard, vn autre a pris la place.

CLEONIE.

O Dieux! quel changement.

CLEANTE. à genoux.

Adorable beauté,

Serf, & charmant obiet de ma fidelité;
Ce rigoureux mespris m'est vn iuste supplice,
Ie ne murmure point contre vostre iustice;
Et viens plus asseuré des peines, que du prix,
Liurer vn criminel aux beaux yeux qui l'ont pris.
Punissez Florimonde, vn ingrat, vn barbare,
Qui refusoit l'honneur d'vne amitié si rare;
A qui le Ciel, touché de vos longues douleurs,
Auec vsure enfin fait payer vos mal-heurs;
L'amour a treuué place en cette ame inhumaine,
Et ma confusion est ma premiere peine;
Ce fier, ce dédaigneux, cét ennemy d'amour,
Ayme plus que mortel, qui respire le iour;
Ie doute de quel trait est mon ame blessée,
Et quel aueuglement occupoit ma pensée;
Quel destin est le mien, qu'vne heure, qu'vn moment,
Ayt fait de ma froideur vn sensible tourment;

FLORIMONDE.

O Dieux! qu'vn doux effet succede à mon enuie,
Si dessous mes desirs vostre ame est asseruie;
Et que ie vais punir d'vn mespris rigoureux,
Cét inuincible esprit, ce cœur si genereux;
Quoy ce ferme propos de mespriser mes flammes,
Ce refus orgueilleux des libertez des ames;

Ce dédain qui rendit tant de vœux ſuperflus,
Et cette indifference, enfin ne dure plus?

CLEANTE.

I'ignore ayant paru ſi long-temps indomptable,
Comment ie puis ſentir vn trait ſi redoutable;
La Loy de mon mal-heur m'ordonnoit ces meſpris,
Ny prieres, ny vœux, ne touchoient mes eſprits;
Et ce cœur inſenſible, en ſa froideur extréme,
Auroit veu ſans pitié, ſoûpirer l'amour meſme;
Mais que deux iours ont fait vn triſte changement,
Que de clarté ſuccede à cét aueuglement;
Qu'vn different eſtat, déçoit mon eſperance,
Et que de paßion ſuit cette indifference;
Ie iure à vos genoux, l'agreable clarté,
De ces charmans autheurs de ma captiuité;
Que tous les traits d'amour ont mon ame bleſſee,
Que voſtre ſeul objet occupe ma pensée;
Que ie ſçay ſeul aymer, & que tous les Amants,
Ont à comparaiſon ſouffert de doux tourments;

FLORIMONDE.

Et moy, pour ce tyran de mes ieunes années,
Sous qui ie vois enfin mes peines terminées;
Ie iure de vous voir auec tant de deſdain,
Que ie puis croire ſeule vn meſpris ſi ſoudain;

Ie iure de fermer, & l'oreille, & la bouche,
A tous vos interests, à tout ce qui vous touche;
Adieu, ne doutez point du dessein que ie faits,
Et pour vostre repos, ne me voyez iamais.

Elle s'en va auec Cleonie.

SCENE IV.

CLEANTE. seul & tout saisi.

IE ne puis accuser cette belle inhumaine,
Vn mespris raisonnable a fait cesser sa peine;
Et moy-mesme insensible à ses chastes appas,
Ie l'ay mise en ce point, ou ie ne la veux pas:
Vn mal-heur si sensible est conjoint à mon crime,
Que ie me suis rendu la plainte illegitime;
Tyrsis [...]tre, & écoute. *Que la raison preside à l'arrest de ma mort,*
Que ie reçoy iustice, & me plaindrois à tort:
Au moins, en ce mal-heur, vne iniuste vengeance,
D'vn iuste chastiment, sera mon allegeance;
Theaste, quelle estime, & qui vit sous sa Loy,
Cét heureux possesseur du bien qui fut à moy;
Doit au prix de ma vie acquerir sa maistresse,
Et seruira d'obiet au courroux qui me presse;

SCENE

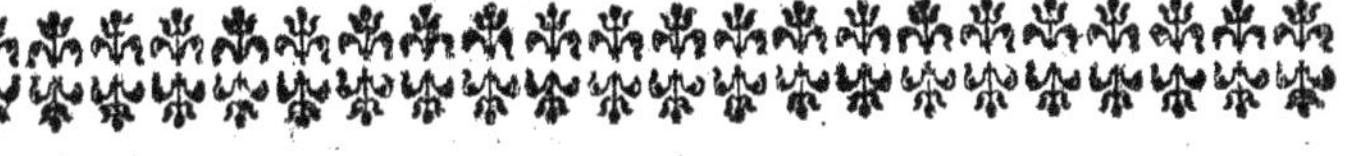

SCENE V.

TYRSIS. CLEANTE.

TYRSIS.

E deffendray son droit, & mon affection,
S'offre à iustifier sa plus noire action;

CLEANTE.

Son mal-heur, non le tien, l'exposent à ma haine,
Adieu, sois satisfait, si ta raison est saine;

TYRSIS.

Luy nuire & m'offencer n'est qu'vn mesme dessein,
Ne delibere plus, si ton courage est sain;

CLEANTE.

Laisse à qui m'a fasché reparer son offence,
Et que pour soy, chacun embrasse sa deffence;

TYRSIS.

Lors qu'à ces actions on est sollicité,

Chercher tant de raisons est vne lascheté ;
Quel sujet plus pressant peut aigrir ton courage,
Theaste est honneste homme, & qui le hayt m'outrage;
Theaste est de ces lieux, & la gloire, & l'amour,
Et qui ne l'ayme pas est indigne du iour ;

CLEANTE.

Enfin ce bras sensible, à cette violence,
Punira son orgueil, moins que ton insolence;
D'autres occasions ont jadis exercez,
Cette lame, & ce bras fatal aux insensez;
Voy couper de ce coup la chaisne qui vous lie,
Et reçoy le loyer digne de ta folie ;

Ils se battent.

SCENE VI.

THEASTE. TYRSIS. CLEANTE.

THEASTE. l'espée à la main pour les separer.

QVel spectacle d'horreur se presente à mes yeux ?
Approchons, separons ces esprits furieux;
Arrestez ;

TYRSIS.

Le voila cét esprit infidelle,
Pren ta deffence, ingrat, & souftien ta querelle;

Elle dit tout bas.

Ton plus grand ennemy t'a daigné secourir,
Mais ie t'ay deffendu, pour te faire perir;
Car ma perte fatale auroit suiuy la tienne,
Si la main de Cleante eut preuenu la mienne;

CLEANTE. à Theaste.

C'est trop deliberer.

THEASTE.

O Dieux que vois-ie icy?

CLEANTE.

Deux mots termineront ta doute, & ton soucy;
Ma raison, si long-temps d'amour solicitée,
Se rend à la beauté qu'elle a tant rebutée;
Mais Madame à son tour a refusé ma foy,
Et son esprit changé n'a des vœux que pour toy;
Sensible à ces mespris, ie parlois en ces plaines,
Du dessein de finir, & ta vie, & mes peines;
Quand ce ieune inconnu, vain & debile appuy,

M'a dit que t'attaquer, eſt s'attaquer à luy;
Il deffendoit ta cauſe, & ta ſeule venuë,
A ſon ame inſensée, en ſon corps retenuë;
Donnons, & ſans chercher de diſcours ſuperflus,
Deffaits-toy de Cleante, où Theaſte n'eſt plus;

THEASTE.

Pour la poſſeßion de cét objet aymable,
Ie ne refuſe point ce combat honnorable;
La peur ne peut loger qu'au ſein de tes pareils,
Et voicy de ta mort les triſtes appareils;
Ne delibærons point, & reçoy le ſalaire,
Que demande à ce bras, ton aueugle colere;

SCENE VII.

EVANDRE. THEASTE. CLEANTE.

EVANDRE. courant les ſeparer.

DIeux! qu'vn heureux deſtin m'a conduit en ces lieux!
Courons les ſeparer.

CLEANTE.

O sort iniurieux!
Que ton soin m'est contraire, & combien ton enuie,
S'obstine aueuglement à conseruer ma vie;

THEASTE.

Ha souffre cher Amy.

EVANDRE.

Non ces efforts sont vains;

THEASTE.

Que ta crainte m'outrage:

CLEANTE.

O destins inhumains:
Traistre, diuertissant son trespas équitable,
L'innocent perira pour sauuer le coupable;
Importun, laisse-nous:

EVANDRE.

Attaque-moy cruel,
Et ma vie acheuée, acheue ce duel;
Mais tandis que ce corps possedera son ame,
I'opposeray mes soins à l'ardeur qui t'enflamme;

CLEANTE.

Iniurieux Amy qui me viens secourir,
Quand mon secours dépend du dessein de mourir;
Consents à ce combat, ton importune peine,
Ne fait que differer son issue incertaine,
Et tes soins, tost ou tard, ne diuertiront pas,
Mon mal-heur ou le sien, sa perte, ou mon trépas.

THEASTE.

En ces empeschemens tel qui tremble s'obstine,

CLEANTE. reuenant aux mains.

Traistre, ce dernier mot auance ta ruine,
Et ny soins, ny respect ne diuertiront plus;

EVANDRE.

Reprime (cher Amy) ces efforts superflus;
Ou qu'auant ce combat, sur moy ce fer essaye,
S'il sçait faire au besoin vne mortelle playe;
Frappe, tu tardes trop:

CLEANTE.

Adieu, l'arrest du sort
Veut prolonger ma peine, en differant sa mort;
Mais ie perdray le iour, plutost que la colere,

Qui doit faire cesser sa vie, & ma misere,
Plutost que ie renonce au soin de me vanger;

SCENE VIII.

THEASTE. EVANDRE.

THEASTE.

Tel qui se vante tant, a bien part au danger;
Tout ne succede pas à ces ames hautaines,
Et le Ciel rend souuent ces entreprises vaines:

EVANDRE.

Quelle iniure a causé ce combat hazardeux,
Quel sujet si puissant vous animoit tous deux;

THEASTE.

Deux mots te l'apprendront, il ayme Florimonde;

EVANDRE.

O Dieux que me dis-tu?

THEASTE.

D'vne amour ſans ſeconde:
Et la rage de voir que ie vis ſous ſes Lois,
Portoit ce furieux au deſſein que tu vois.

EVANDRE.

O merueilleux effet d'amour, & de iuſtice!
Qui de tant de meſpris ordonnent le ſupplice;
Et qu'on reconnoiſt bien en ſa punition,
Qu'vn aueugle peut faire vne iuſte action.
Elle rit de ſes vœux?

THEASTE.

Le chaſſe, le meſpriſe,
Et paroiſt (cher Amy) ſi vaine de ma priſe;
Qu'il n'eſt bon-heur égal à ma felicité,
Ny ſeruage ſi doux, que ma captiuité;
En vn mot cette amour, m'excite cette haine,
Ce riual me cherchoit au long de cette plaine;
Et parlant du deſſein qu'il a de m'outrager,
A treuué ſur ſes pas vn certain Eſtranger;
Qui l'oyant diſcourir, auec trop d'inſolence,
Auant mon arriuée, embraſſoit ma deffence;

EVANDRE.

Quel eſt cét Eſtranger?

THEASTE.

Son nom m'eſt inconnu;
Il s'eſt ſouſtrait d'icy, quand j'y ſuis ſuruenu:
Ie ne l'ay veu qu'à peine, & ie bruſle d'enuie,
De voir à qui ie dois, tant de ſoin de ma vie:
Vn autre, (tout de meſme) inconnu dans ces lieux,
M'offence, m'a-ton dit, de mots iniurieux;
Et ie doute quel ſoin me preſſe dauantage,
De voir celuy qui m'ayme, ou celuy qui m'outrage;
Cherchons-les de ce pas; I'ay le prix de tous deux,
Pour le dernier des coups, & pour l'autre des vœux.

ACTE V.

SCENE I.

FLORIMONDE. CLEANTE.

CLEANTE.

INsensible sujet du tourment qui me presse,
D'vn seuere mespris, seuere vangeresse;
Qui du mal que j'ay fait, faites mon chastiment,
Et qui pour me punir, m'imitez seulement;
Forcez, reconnoissant ma peine, & mon seruage,
D'vne extreme bonté, cét extreme courage;
Ie n'excuseray point ces mespris insolens,
Dont j'ay moy-mesme éteint des feux si violens.
Ie ne murmure point, ma peine est legitime,

Et mon ſupplice encore eſt moindre que mon crime;
Mais que n'obtiennent pas des ſoûpirs ſi preſſans,
Que ne peuuent toucher les ennuys que ie ſents;
Et qu'eſt-ce que forçant les plus iuſtes deffenſes,
Ne font ſur vn grand cœur de grandes repentances;
Ie me ſents conſommé des feux que i'ay nourris,
Mes pleurs ne coulent plus, & mes yeux ſont taris;
A peine en ma douleur qui n'a point de ſeconde,
Puis-ie que proferer le nom de Florimonde;
Ce beau nom eſt tout ſeul l'entretien de ma voix,
Ces bois & ces rochers l'ont ouy mille fois;
Ils m'ont veu ſoûpirer, & s'ils le pouuoient dire,
Ils rendroient voſtre cœur ſenſible à mon martyre;

FLORIMONDE.

Me ſuiurez-vous long-tẽps? quel eſt ce vain tourmẽt?
Quoy l'amour peut ſur vous regner ſi lâchement:
N'eſtes-vous pas, Monſieur, cét obiet inſenſible,
Ce cœur indifferent, de glace, inacceßible,
Indigne de nos vœux, qui n'a rien merité,
Et qui n'a rien de cher apres ſa liberté;
Ingrat, ainſi le Ciel a changé ma fortune,
Ainſi ie dois reſpondre à ta plainte importune;
En vain tu pretendrois vn plus doux traitement,
Adieu, pleure, languy, ſoûpire librement:

CLEANTE. à genoux l'arreſtant.

Par ces yeux que j'adore, ouurez belle meurtriere,
Encore vn ſeul moment l'oreille à ma priere:
Ie ſuis donc vn coupable indigne de pardon,
Et tant de criminels ont obtenu ce don;
Vn obſtiné meſpris, vne inſolente audace,
Et la trahiſon meſme a par fois eu ſa grace;
Ne portez point cruelle aux extrémes effects,
Le plus humble captif, que vous euſtes iamais:
Ma mort vous déplaira, quand vous l'aurez ſoufferte,
Qui m'aura meſpriſé regretera ma perte;
Et tels à qui les pleurs ont fait de vains efforts,
Ont bien eſté pleurez, quand on les a creus morts;

FLORIMONDE.

Voyez comme l'amour apprend de belles choſes,
Vous auez leu cela dans les metamorphoſes;
Mais ce ſiecle n'eſt plus:

CLEANTE.

Riez de mes amours,
Combattez mes propos, par vos propres diſcours;
Par les ris que j'ay faits, mocquez-vous de mes larmes,
Imitez ma froideur, vangez-vous de mes armes;
Ie ſouffre ſans reproche, & ne murmure point,

Si vostre auersion adiouste encore vn point;
Si me voulant soustraire à vostre humeur farouche,
I'en ay l'arrest au moins, par cette belle bouche;
Ie haïray les iours, que vous auez haïs,
Et mourray sans regret, si ie vous obeys.

FLORIMONDE.

Vôila de nos transis, les plaintes ordinaires,
Ils reclament tousiours ces morts imaginaires;
Ne m'ayant pas tousiours adressé ces propos,
Le temps peut restablir encore vostre repos:
Viuons indifferens, & mettez plus de peine,
A chasser vostre amour, qu'à combattre ma haine;

CLEANTE.

Pour souffrir cette haine, & perdre mon amour,
Il faut cruelle, il faut que ie perde le iour;
Donc n'atten point Cleante, vne saison meilleure,
Commence mal-heureux à mourir de bonne heure;
N'offre plus à ce corps le fatal aliment,
Qui le faisant durer, fait durer son tourment:
Ingrat, treuue de pleurs vne nouuelle source,
Que ton ame se noye, & se perde en leur course;
Repare criminel, ta faute, aux yeux de tous,
Arrache tes cheueux, meurtry ton sein de coups;
Priue tes yeux ingrats du bien de la lumiere,

Que de ce lâche cœur ta main soit meurtriere ;
Oublie pour mourir auec moins de plaisir,
Que Madame y consent, & que c'est son desir.

FLORIMONDE. pleurant.

Dieux ! que le repentir à d'inuincibles charmes,
Mais il me voit pleurer ; cessez honteuses larmes ;

CLEANTE.

Ha ! c'est trop consulter, & puis qu'il faut perir,
Ne tarde plus Cleante, il est temps de mourir :
Adieu ;

FLORIMONDE.

Non non, viuez, ie suis trop genereuse,
Pour punir de la sorte vne faute amoureuse ;
Ie me contenteray d'vn supplice plus doux,
Et vostre esloignement satisfait mon courroux ;
Esteignez seulement cette importune flamme,
Puisque Theaste enfin est maistre de mon ame ; Theaste entre.
Puisque nous sommes joints par vn mesme lien ;
Le voila, prenez part en ce doux entretien.

SCENE II.

THEASTE. FLORIMONDE. CLEANTE.

FLORIMONDE. allant embrasser Theaste.

AGreable sujet de mon ardeur naissante,
Combien tu fais languir mon amoureuse atente:

THEASTE. la baisant.

Ie vous cherche par tout, depuis vne heure, ou plus,

CLEANTE.

O de leur passion, signes trop superflus,
Ie souffre ce riual? cette belle farouche,
D'ayse laisse égarer son ame sur sa bouche,
Et mon bras engourdy languit sans mouuement?

FLORIMONDE. l'ayant baisé.

T'ay-ie pas bien puny de ce retardement?

THEASTE.

A quoy puis-ie égaler ces faueurs immortelles?

Et quels seront les prix, si les peines sont telles.

CLEANTE.

Traistre, sois satisfait du prix de tes amours,
Et n'en espere plus qu'aux despens de mes iours;
Mon respect cede enfin à l'ardeur qui m'enflamme,
I'irois t'assaßiner dans les bras de Madame;
Tout obstacle forcé, j'irois aueuglement,
Y terminer ta vie, & ton contentement:

THEASTE.

Tu m'affligerois fort.

CLEANTE.

Ny la Terre, ny l'Onde,
Ne diuertiroient pas ma fureur sans seconde;
Le Ciel voudroit en vain détourner ton trépas;
Tu ris lasche?

THEASTE.

Ie ris, & qui ne riroit pas?
Quel de ces pretendans qu'eut iadis Angelique,
Parut si furieux, si vain, si frenetique;
Tu ne m'attaques point sans ta part du danger,
Et tu peux Rodomont, rencontrer ton Roger.

FLORIMONDE.

FLORIMONDE. à Cleante.

Dieux quel astre conduit ma fortune amoureuse,
Qu'aymant, & n'aymant plus, ie sois si mal-heureuse?
Que chacun à son gré dispose de ses vœux,
Aymez ce qui vous plaist, & moy ce que ie veux.
Cleante, où songez-vous?

THEASTE.

Contentez son enuie;
Ie suis prest à l'effort, où son bras me conuie,
Ce fer est necessaire à son allegement,
Et vous deliurera d'vn importun Amant.

CLEANTE. luy portant vn coup.

Ha traistre,

FLORIMONDE. le retenant.

Quoy Cleante? ô Dieux? quelle insolence,
Vous fait à mes yeux mesme enfraindre ma deffence;
M'aymez-vous en effet?

CLEANTE.

O discours superflus!
Et plus vrais, qu'il n'est vray, que vous ne m'aymez plus;
Helas, ouy ie vous ayme, aymable Florimonde,

M

Et comme vos beautez ma peine est ſans ſeconde.

FLORIMONDE.

Mais ſi vous m'aymez tant, deuez-vous refuſer,
Quelque ſeuere Loy qu'on vous puiſſe impoſer;
Et receurez-vous pas vn arreſt de ma bouche,
Si j'ay droit d'ordonner de tout ce qui vous touche;

CLEANTE.

I'ay tremblé mille fois à voſtre ſeul aſpect,
Mais perdant tout eſpoir, j'ay perdu tout reſpect;
Et mon mal infiny treuue quelque remede,
A ne pas endurer qu'vn autre vous poſſede;

FLORIMONDE.

Quoy voſtre obeyſſance a des termes preſcrits,

CLEANTE.

Le deſeſpoir, Madame, aueugle les eſprits;

FLORIMONDE.

Forcez ces mouuemens de colere, & de rage,
Et deſſous mes deſirs rangez voſtre courage;
Qu'vn peu de retenuë à voſtre amour ſoit joint,
Et croyez ſeulement que ie ne vous hay point.
Tous deux, ſi mon pouuoir de vos ames diſpoſe,

Promettez d'obseruer quelque Loy que i'impose;
Theaste, comme luy, ne consentez-vous pas,
Qu'vn arrest de ma voix finisse vos debats:

THEASTE.

Libre de tous soupçons, exempt de défiance,
I'attends ce doux arrest auec impatience;
Resolu d'obeyr aux plus seueres Loix,
S'il m'en pouuoit venir, de cette belle voix.

FLORIMONDE.

Et vous, quoy que i'ordonne enfin à vostre offence,
Ne promettez-vous pas d'accomplir ma sentence;

CLEANTE. ayant long-temps refué.

Ouy, ie dois receuoir cét arrest inhumain,
Qui m'a lié le cœur, me peut lier la main;
Ne differez donc plus quelque Loy qui m'importe,
Quelque soit mon tourment, mon amour est plus forte;
Ce cœur desesperé ne se reuolte plus,
Et se soûmet enfin à souffrir vos refus.

FLORIMONDE. au milieu d'eux.

Ne reuoquez donc point cét arrest équitable,
Que vous rend par ma voix vn tyran redoutable;

I'ay bruslé pour Cleante, & les Dieux sont tesmoins,
Combien il m'a cousté de soucis & de soins;
Sur ce teint languissant mes douleurs estoient peintes,
Et i'ay treuué son cœur insensible à mes plaintes;
Sur ce cœur orgueilleux i'ay fait par mes soûpirs,
Moins que sur vn Rocher, l'haleine des Zephirs;
Enfin, long-temps apres, lassé de tant de peines,
I'ay secoüé le ioug de ses Loix inhumaines;
I'ay dégagé mon cœur de ses charmans appas,
Et i'ay repris enfin ce qu'il ne vouloit pas;
Theaste plus sensible a bruslé de ma flamme,
Il soûmet à mes Loix l'empire de son ame;
Et par tant de soûpirs prouue sa passion,
Que ie dois vn loyer à son affection;
Par les diuines Loix d'amour, & de iustice,
Ie dois à l'vn le prix, à l'autre le supplice:
Donc, puis qu'au chastiment Cleante est disposé,
I'ordonne qu'il prendra ce qu'il a refusé;
Ce corps, qui si long-temps fut l'obiet de sa haine,
Tousiours à ses costez, luy seruira de peine;
Le Ciel luy destinoit vn obiet plus charmant,
Mais ma possession sera son chastiment;

CLEANTE.

Saisi d'étonnement, surpris, l'ame égarée,
En ce comble parfait de ioye inesperée;

Pareil aux criminels qu'on ſauue du trépas,
Par vne grace iniuſte, & qu'ils n'attendoient pas;
Tel ie me vois confus à l'arreſt de ma vie,
Au point que i'attendois qu'elle me fuſt rauie;

THEASTE.

Ne iuge point ſi-toſt contre mon intereſt,
Madame s'eſt meſprise, en ce fatal arreſt,
Et ces charmans regards que ſon bel œil m'enuoye,
M'aſſeurent ſa conqueſte, & condamnent ta joye;
Madame, iugez-nous en termes plus exprés,
Et m'ordonnez enfin, le myrthe, ou le cyprés;

FLORIMONDE.

Pour toy qui m'as aymee, & qui m'aymes encore,
Iuge par cét arreſt à quel point ie t'honore;
T'aymant comme ie faits, pour ton bien ie te perds,
Ie te rends ta franchiſe, & ie briſe tes fers;
Entretenir tes feux ſeroit trop d'iniuſtice,
Ton repos m'eſt trop cher, pour que ie le rauiſſe,
Adieu, ſçaches-moy gré de ce bien ſans égal,
Et voy de quel mal-heur s'afflige ton riual;

THEASTE.

Tu ris de mes tourmens; laſche, aueugle, traiſtreſſe,
Barbare, indigne objet de l'ardeur qui me preſſe;

Quel respect me deffend d'assouuir mon courroux?
Et d'immoler ta vie à mon esprit jaloux;
Est-ce de ce loyer, esprit plain d'artifices,
Que ta fidelité reconnoist mes seruices?

FLORIMONDE.

Quoy vous pretendiez donc, que cét heureux arrest
Fust tel qu'il vous deust plaire, & non tel qu'il me plaist;
D'où releuent mes iours, sous quel droit suis-ie née?
Par quelle Loy du sort vous suis-ie destinée?
Quelle fatalité me fait deuoir mes vœux,
A qui me veut, plutost qu'à celuy que ie veux?
Esperez-vous mon cœur pour prix de vostre audace:
Et que ie donne plus, à qui plus me menace?
Ayant sçeu le premier ce que i'ay proposé,
De ne considerer quoy que i'eusse causé;
Mais de punir quelqu'vn de l'offence d'vn autre,
Vostre mal-heur est moins mon desir, que le vostre;
I'auois en menaçant dessein d'executer,
Et tout homme prudent l'auroit deu redouter;

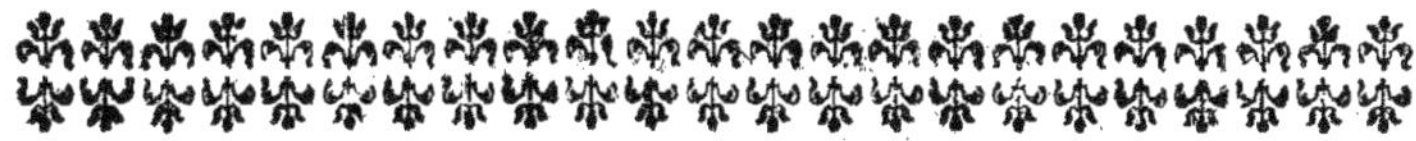

SCENE III.

CLEONIE. THEASTE. FLORIMONDE. CLEANTE.

FLORIMONDE. continuë voyant Cleonie.

Cleonie a receu vos premiers sacrifices,
Elle fut autrefois vostre ame, & vos delices;
Qu'elle la soit encore, & que le repentir,
A vos vœux renaissans la fasse consentir;
La voila, voulez-vous que ma priere mesme,
Ayde à vous r'approcher, car ie sçay qu'elle m'ayme;

CLEONIE.

Quoy Theaste, tout rit, sinon vous seulement!
Quel accident estrange a fait ce changement?

THEASTE.

Plûst au Ciel, qui tousiours s'oppose à mon enuie,
Que i'eusse esté sans yeux, sans amour, & sans vie;
Ou que le premier trait dont me blessa l'amour,
Auec la liberté, m'eust fait perdre le iour:

CLEONIE.

O Dieux ! quel changement :

FLORIMONDE.

Admirez Cleonie,
De ce presomptueux l'aueugle tyrannie ;
Il veut que malgré moy ie brusle de ses feux,
Il veut la force en main s'attribuer mes vœux :
Que ie sois en effet, ce qu'il m'a veu paroistre,
Enfin estre vainqueur, parce qu'il a creu l'estre ;
I'ay fait mentir mes yeux, il est vray que i'ay feint,
Mais ie l'en aduertis auant qu'il fust atteint ;
Ie n'ay pû rebuter son ardeur violente,
Il s'offrit à payer les mespris de Cleante ;
Et s'estant fait tromper, enfin mal satisfait,
Me veut faire passer de la feinte à l'effet ;
Son riual s'abaissant à ma fureur changée,
Le deuois-ie punir, puisque j'estois vangée ;
Et n'estre point sensible aux vœux que i'ay receus,
C'est nostre different, iugez-nous là dessus ;

CLEONIE.

Theaste souffrira pour vn commun exemple,
Par ma bouche l'amour le bannit de son Temple ;
Et desire

Et desire qu'il soit d'vne commune voix,
Tenu pour vn esclaue indigne de ses Loix;

THEASTE.

O le notable arrest, il faut crier miracle,
La Sybille Meßieurs, a rendu son oracle;
La belle occasion qu'elle a prise aux cheueux,
De punir le mespris que j'ay fait de ses vœux:

CLEONIE.

Ouy, j'ay fort ressenty le pouuoir de tes charmes?
Peut-estre tu m'as veuë à tes pieds fondre en larmes;
N'as-tu point esté vain de ma ferme amitié,
Et n'ay-ie point souuent imploré ta pitié?
Comme en son sentiment tout le monde se flatte,
Tu veux paroistre ingrat, & moy paroistre ingrate;
Connoissant ma froideur tu fais l'indifferent,
Escoute, & que ce mot regle ce different;
Croy que si mon amour n'a ton ame enflammee,
Ie t'aymois moins encore, que ie n'estois aymee;
Ton frere, en m'oubliant m'auoit assez appris,
A ne me fier pas en vos foibles esprits;
Theaste, il est certain que j'aymay ce volage,
Et pour ne l'aymer plus, j'ay trop peu de courage;
Qu'il vante, qu'il soit vain de cette paßion,
Ie ne rougiray point de ma confeßion;

Ie conserue vne ardeur, que ny sa perfidie,
Ny son esloignement n'ont iamais refroidie;
I'aymois ton entretien, comme de son parent,
Et j'ay promis beaucoup à ton mal apparent;
Mais ce fut seulement pour montrer à Thymante,
Que ie pouuois chasser l'ennuy qui me tourmente;
Ie ne flatois d'espoir tes desirs superflus,
Que pour luy tesmoigner que ie ne l'aymois plus;

THEASTE.

Que ton humeur est feinte!

CLEONIE.

Et la tienne legere;
Ne te souuient-il point de certaine Estrangere,
Dont on t'a veu trahir la chaste affection?
Et ie t'aurois aymé sçachant cette action?
Connois-tu Felicie:

THEASTE.

Si ta voix inhumaine,
Icy, cruellement renouuelle ma peine;
Plûst au Ciel Cleonie, (& ne me croy iamais,
Si tu tiens pour suspect le souhait que ie faits.)
Plûst au Ciel que ma mort eust conserué sa vie,
Ou que ne le pouuant, ie l'eusse au moins suiuie;

Que cét heureux trépas m'eust épargné de pleurs,
Et que j'eusse euité de sensibles douleurs;

CLEONIE.

Quoy Felicie est morte!

THEASTE.

Helas! le puis-ie dire?
Et n'est-ce point assez de voir que ie souspire?
Ses beaux iours sont rauis.

CLEONIE.

O mensonge effronté,
Dont tu couures ingrat, ton infidelité!
Son frere iustement sensible à son iniure,
Sçaura prouuer sa vie, & punir le pariure;
C'est luy qui t'a traité de mots iniurieux,
Et que ta seule offence a conduit en ces lieux;

THEASTE.

I'ay trop sçeu Cleonie, & de mon frere mesme,
Qu'elle a d'vn triste sort franchy la Loy supréme;
Mais obtien que ie parle à ce ieune Estranger;

CLEONIE.

Le voila qui te cherche, & prest à se vanger;

SCENE IV.

CLEANTE. FLORIMONDE. CLEONIE.
THEASTE. TYRSIS.

TYRSIS. l'espée à la main, à Theaste.

ENfin l'occasion seconde mon enuie,
Traistre l'espée au poing, si tu ne hays ta vie;

THEASTE.

Vous m'apprendrez au moins;

TYRSIS.

Donnons, c'est trop tarder;

SCENE V.

EVANDRE. accourant pour les ſeparer.

Sçachons ce differend, s'il ſe peut accorder.

THEASTE. demeure ſurpris, regardant Tyrſis qui eſt retenu par Euandre & Cleante.

EVANDRE. à Tyrſis.

Monſieur vn mot;

TYRSIS.

O Dieux! ô ſeuere contrainte!
Le traiſtre ſçait aſſez le ſujet de ma plainte;
Laiſſez contre ſon crime agir ma paßion,
Et ne deffendez point vne iuſte action.

CLEANTE. le retenant.

O Dieux! de quel tranſport eſt voſtre ame agitee?
Vous le voyez la veuë, & la main arreſtee;
Ne pouuoir auancer, ny faire meſme vn pas,

Et vous attaqueriez qui ne se deffend pas?

THEASTE.

Cleante, ce guerrier sçait par vn long vsage,
Mespriser ma deffence, & forcer mon courage;
Ne me guarenty point d'vn ennemy si dous,
Et que j'aye l'honneur de mourir de ses coups;

Il jette son espée; & se met à genoux.

O diuine rencontre! ô celeste merueille:
Que mon bon-heur est grand, s'il est vray que ie veille?
Perdez, perdez Theaste, agreable vainqueur,
Vous sçauez le chemin qui conduit à son cœur;
Que vos mains, de vos yeux acheuent les conquestes,
Et ne differez point des victoires si prestes;

FLORIMONDE.

O fatal accident?

TYRSIS.

Dieux! que de lascheté?
Que tu joins, infidelle, à ta legereté!
Sous quel teint, de quel front ozerois-tu paroistre;

Elle dit à Euandre, qui la tient.

O l'aueugle deffence, épargnez-vous vn traistre?

uffrez que par l'effet d'vn combat glorieux,
e ce perfide esprit, ie deliure ces lieux?

THEASTE.

Ie voy ce beau suiet des tourmens que i'endure,
reuoy Felicie! ô diuine aduanture!
ous viuiez ma Deesse, & ces chastes appas,
Ne sont donc point suiets à la Loy du trépas?
ortez le coup fatal, ô diuine aduersaire,
t vangez-vous sur moy des mensonges d'vn frere;
ui m'escriuit ma perte, en la fin de vos iours:
Ciel voy si mon cœur s'accorde à mes discours;
uny ma trahison d'vn trespas legitime,
i tu m'as veu iamais capable de ce crime?
uel dessein criminel, ô frere iniurieux,
eut obliger ta main à démentir tes yeux?
ous viuez Felicie, ailleurs qu'en ma memoire?
ous respirez le iour?

TYRSIS.

O Dieux le dois ie croire?
n iuste fondement tient mes sens ébays,
t Thymante en effet nous peut auoir trahis;
ar il m'ayma long-temps, mais cette amour fut vaine;

Là Thymãte, frere de Theaste, paroist sans manteau, espée, ny chapeau, & les voyãt se cache dãs le bois pour les écouter.

THEASTE.

Elle ne le fut pas, elle causa ma peine,
Et ce lasche imposteur me mandant vostre mort,
Creut faire pour son bien vn necessaire effort!

CLEONIE.

O le perfide esprit.

TYRSIS.

Tu blasmes son offence,
Et par luy toutefois i'appris ton inconstance;
Il me dist qu'vne Dame engageoit tes esprits,
Qui rompoit ma prison, & causoit tes mespris.

THEASTE.

Ie mourus mille fois, lors que ie vous creus morte,
Le temps n'esteignit point vne flamme si forte;
Et ma seule raison, apres ce vain tourment,
Enfin m'a fait chercher du diuertissement;
I'ay forcé ma douleur, & i'ay reueu les Dames,
Que ie hantay long tẽps, sans brusler de leurs flammes;
Mais Florimonde enfin me faisoit depuis peu,
Il le faut auoüer, brusler d'vn second feu:
Ie feignis pour la voir de seruir Cleonie,
Parce que cette belle aymoit sa compagnie;

Mais

Mais puisque ie reuoy vos aimables appas,
Leurs plus douces faueurs ne me toucheroient pas;

CLEONIE.

Vous nous obligez fort.

SCENE VI. ET DERNIERE.

CLEANTE. THYMANTE. FLORIMONDE. THEASTE. EVANDRE. TYRSIS. CLEONIE.

THYMANTE. se montrant presque tout nud.

Voila ce detestable,
Qui trahit si long-temps vostre ardeur indomptable.
Voyez en quel estat son mal-heur l'a reduit,
Et preuenez les coups du Ciel qui le poursuit.

CLEANTE.

O celeste aduanture!

O

FLORIMONDE.

O diuine iournée,
Par qui de tant d'Amans la peine est terminée;
Thymante est de retour?

THEASTE.

Tu parois à mes yeux,
M'ayant voulu rauir ce tresor precieux:
Frere cent fois ingrat;

THYMANTE. regardant Cleonie.

Quand ma belle geoliere
N'aura point reietté ma timide priere;
Ie vous conteray tout, & par quel attentat,
Ie parois en ces lieux, en ce honteux estat.

Il se jette à genoux deuant Cleonie.

Criminel, mais saisi d'vn repentir extréme,
Ie ne veux ny tesmoin, ny iuge que vous-mesme;
I'ay rompu mes liens, il est vray, ie l'ay fait,
Et ie ne puis treuuer d'excuse à mon forfait;
Mais le temps qui me rend mes premieres pensées,
A dans mon souuenir vos graces retracées;
Et j'oze à vos genoux implorer la pitié,
Que me peut accorder vostre rare amitié;

Ainsi que mon forfait, cette faueur est grande,
Mais le courage est grand, à qui ie la demande;
I'oze encore esperer, & ne me leue point,
Que vostre affection ne m'accorde ce point.

CLEONIE.

Ie souffre ta presence, apres ta perfidie!
Traistre, tu m'as charmée, il faut que ie le die;
Gouuerne mes desseins, dispose de mes vœux,
Et pren comme il te plaist, le pardon que tu veux;
Tu sçais trop ton pouuoir, & ta moindre priere,
Suffit à desarmer ma plus iuste colere;

CLEANTE.

O rare affection!

FLORIMONDE.

O veritable amour;

THYMANTE. se leuant.

Ie doute, si ie vis, & si ie voy le iour;
Vous m'aymez Cleonie, ô bonté sans seconde,
Et dont le seul recit étonnera le monde?
Oyez en peu de mots, une confession,
Que rien n'excuseroit, que vostre affection:
Vous sçauez que ie fus, sur certaine nouuelle,

A Lyon, où mon frere auoit veu cette belle;
Il m'auoit estimé cette rare beauté,
Et sa veuë en effet surprit ma liberté;
Ma raison fut troublée, & d'vn ferme courage,
Ses yeux, & vostre absence en firent vn volage;
I'oubliay Cleonie, & Felicie enfin,
D'vn Empire absolu gouuerna mon destin;

A Felicie.

Quoy que ie vous treuuasse à mon dessein contraire,
I'esperay m'aduancer aux despens de mon frere;
Et ie vous dis, Madame, (insigne trahison!)
Qu'vne autre depuis peu, captiuoit sa raison.
Luy s'apprestant d'ailleurs, à partir de Florence,
Receut de vostre mort vne fausse asseurance;
Mon amour fut autheur de cette fausseté,
Et j'ay par ce moyen son voyage arresté;
Mais qu'auançay-ie enfin sur la constance mesme?
Et qu'auez-vous promis à mon amour extréme?
Que j'eus en vos bontez vne legere part,
Et que ie fus troublé sçachant vostre départ;
Ie me doutay bien-tost de ce dessein estrange,
Et sents presque aussi-tost que mon amour se change;
I'approuuay le dessein, que mon frere a pressé,
Et ie me repentis de l'auoir trauersé;
Cleonie en ce temps reuint en ma memoire,

Il me souuint alors de ma premiere gloire,
Et ie rougis de voir que ce diuin esprit,
Sans vn mot de ma part, m'eust si souuent écrit.
Là dessus toutefois, la peur cede à l'audace,
Ie partis de Lyon, sous espoir de ma grace;
Et dessus le chemin, quatre insignes voleurs,
Ont joint vn dernier mal à mes autres mal-heurs;
Ils m'ont mis en l'estat, où ie meurs de paroistre,
Mais où pour mes forfaits, i'auois merité d'estre;

FLORIMONDE.

Dieux! l'étrange accident!

THEASTE. à Felicie sous le nom de Tyrsis.

Vertueuse beauté,
Enfin qu'ordonnez-vous à ma fidelité;
Mais en puis-ie vouloir vn plus digne salaire,
Que vostre propre doute, & que vostre colere;
Puis-ie sans estre vain, & sans confusion,
Voir Felicie armée à mon occasion?

FELICIE.

Iugez de mon amour, & sçachez de Cleante,
Combien pour ton suiet ma flamme est violente;
Ie prenois ta deffense, & l'ozay prouoquer,
Sur le simple dessein qu'il eut de t'attaquer;

Mais que ne peut l'amour dessus de ieunes ames,
N'accusons, ny loüons que ses diuines flammes;
Que nos plaisirs presens, effacent nos trauaux,
Et d'vn commun dessein pardonnons tous nos maux;

THEASTE. à Cleonie.

Donc, Madame, imitez sa bonté sans pareille;

A FLORIMONDE.

Et vous que j'accusois, agreable merueille,
Auec ce beau riual, goustez tous les plaisirs,
Qu'Hymen peut accorder à vos ieunes desirs;

CLEANTE.

Oublions pour iamais nos communes querelles,
Honorons l'inconstant, & loüons les fidelles;
C'est trop nourrir d'ennuys, c'est trop verser de pleurs,
Apres tant de soucis recueillons d'autres fleurs;
Et que pour souuenir de ce triple hymenée,
On celebre à iamais, cette heureuse iournée.

FIN.

Extraict du Priuilege du Roy.

PAR Grace & Priuilege du Roy, en datte du 27. Septembre 1649. signées Par le Roy en son Conseil EON. Il est permis à ANTOINE DE SOMMAVILLE, Marchand Libraire à Paris, d'imprimer ou faire imprimer, vendre & debiter FLORIMONDE COMEDIE *de Monsieur de* ROTROV, & ce pendant l'espace de cinq ans, à compter du iour qu'elle sera acheuée d'imprimer, & deffenses sont faites à tous autres de l'imprimer, sur peine d'amande, & de confiscation des Exemplaires, ainsi qu'il est plus amplement porté par lesdites Lettres de Priuilege.

Acheué d'imprimer le dix-septiesme Mars mil six cens cinquante-quatre.

Les Exemplaires ont esté fournis.

www.ingramcontent.com/pod-product-compliance
Ingram Content Group UK Ltd.
Pitfield, Milton Keynes, MK11 3LW, UK
UKHW022116190726
13855UKWH00003B/900